KB028804

바람이 분다,
걸어야겠다

나를 성장시킨
길 위의 이야기

글·그림 박지현(제주유딧)

바람이 분다, 걸어야겠다

작가의 말

2015년 2월에 남편 J와 둘이서 아무런 연고도 없는 제주로 이사 와 올해로 6년째 살고 있습니다. 제주에서 살기로 한 특별한 이유가 없듯이, 어떻게 살아야겠다는 계획이 있어서 온 것은 아닙니다. 말 그대로 "에라 모르겠다, 무작정"이었습니다.

살다 보니 내가 제주를 선택한 것이 아니라 제주가 나를 부른 것이 아닐까 하는 생각이 들었습니다. 착각이라면 영원한 착각을 안고 살려 합니다.

길을 걸었습니다.

'무작정' 길에 나섰습니다. 저는 걷기 여행을 해 본 적도 없었고 혼자 여행은 더더군다나 할 수 없었던, 겁도 많고 괜히 바빴던 도시 사람이었습니다. 자연이 왜 좋은지 삶에 여행이 왜 필요한지도 모르는, 사실은 내가 누구인지 제대로 알지 못한 채 미래를 위해 현재를 견디던, 유예의 시간을 살았던 사람이었습니다.

지난 6년 동안 제주 올레길 전 코스를 세 바퀴 돌았습니다. 제주 올레길의 전체 길이는 425킬로미터니 얼마나 많은 길을 걷고 또 걸은 것인지 짐작이 되시나요. 가끔은 J와, 또 가끔은 지인과 그리고 엄마…… 와 함께 걸은 적도 있지만 대부분 혼자 걸었습니다.

내가 제주에 왜 왔는지 모르듯 내가 대체 왜 걷는지 알 수 없었습니다. 그냥 '무작정' 걷고 싶었고 '무작정' 걸어야 했습니다. 걷기에 한이 맺힌 사람처럼. 잘 걷지도 못하는 주제에 말입니다.

혼자 걷는 길에서 많은 일들이 일어났습니다. 걸으며 저 자신에게 끊임없이 말을 걸고 세상을 향해 질문을 던졌습니다. 길을 걸으며 슬퍼하고 분노한 적도 있지만 칭찬하고 감사하고 기뻐한 일이 더 많았습니다. 나와 내 삶에게.

그리고 알게 되었습니다. 바람이 불어도 걸어야 했듯, 바람이 부는 대로 내버려 두어야 했듯, 나와 내 삶도, 사람과 세상도 내버려 두어야 한다는 것을. 내가 할 수 있는 것은 아무것도 없다는 것을.

내가 한 선택도 어쩌면 내가 결정한 게 아닐 겁니다. 그러니 모든 걸 내버려 두고 오늘, 지금 내게 주어진 일, 하고 싶은 일을 하는 겁니다. 미래는 모른 채 내버려 두고 과거는 그만 생각하는 겁니다. 때론 내 마음에 들지 않아도 내버려 두어야 합니다. 그러면 기적 같은 일들이 일어납니다. 그냥 내버려 뒀을 뿐인데도 나와 내 삶은 알아서 굴러가더라고요. 신기한 건, 모든 일들이 결국은 좋은 쪽으로 흘러간다는 겁니다.

걷기 여행은 나의 잃어버린 시간을 찾게 하고 현재에 귀 기울이게 하며, 자연의 순환처럼 흐르는 대로 나를 맡길 수 있는 용기와 지혜를 섬광처럼 문득문득 던져줍니다. 물론 튼튼한 체력은 덤입니다.

이 책에 쓰인 이야기는 처음 걷기 여행을 했던 2015년으로 거슬러 올라갑니다. 그 후로 걷기 여행자가 되고 길에서 그림을 그리는 어반 스케쳐, 여행 드로잉 작가, 어반 스케치 강사 등 직업도 바뀌고 저와 제 삶도 바뀌었지만, 처음 걸었던 그때의 감동을 혼자 안기 벅차 죽 가슴에 품어오다 이제야 비로소 책으로 세상에 내놓게 됐습니다.

처음 걷기 여행을 마친 후 제게 일어난 가장 큰 변화는 그림을 그리기 시작한 것입니다. 중학교 이후로 그림이라곤 한번도 제대로 그려본 적 없는 제가 현장에서 두 눈으로 직접 본 세상을 그리게 되었습니다. 현장에서 한두 시간 내에 완성하는 그림을 '어반 스케치'라 하는데, 현재 저는 어반 스케치 작가, 어반 스케쳐로 살며 그림을 그리고 글을 쓰고 있습니다. 왜 그림을 그리게 되었냐고요? 어린 시절부터 소설을 쓰고 싶었고 국문학을 전공하고 국어 선생이기도 했지만, 처음 혼자 걷기 여행을 하면서 보고 느끼고 감동받았던 제주의 색채를 표현하기엔 제가 가지고 있는 언어가 빈곤하기만 하더라고요. 그래서 그림을 그리기 시작했습니다. 결국 걷기 여행은 제가 하고 싶은 일과 직업까지 바꾼 셈입니다. 이 또한 기적 같은 일입니다. 어쩌면 인생은 도무지 알 수 없기 때문에 살만한지도 모르겠습니다.

코로나19 팬데믹 현상으로 전 세계가 우울증을 앓고 있습니다. 이것도 언젠가는 끝나겠죠. 하지만 잘 생각해 보면 우리 삶에는 늘 코로나19와 같은 암울한 복병이 숨어 있습니다. 언제 갑자기 튀어나올 지 모르는 제2, 제3의 코로나19에 짓눌린 채 나와 내 삶을 회피하고 유기할 수는 없었습니다.

이 책은 2020년 봄, 코로나19의 공포가 절정일 무렵에 썼습니다. 어반 스케치 강좌 개강이 미뤄지고 집 앞도, 식당도 쉽게 나갈 수 없었던, 무기력에 좌초됐던 그 무렵 저는 다시 걷기 여행을 시작했습니다. 동틀 무렵 집을 나서 아무도 없는 길을 하루 온종일 걸으며 그렇게 또 4백여 킬로미터를 걸었습니다. 걷기를 마친 후에 이 책을 썼습니다.

앞으로도 이렇게 죽, 바람이 불면 걸을 것 같습니다.

아무 이유도 없이 무작정 걷고 그리기만 했던 지난 몇 년 동안의 저를 묵묵히 지켜보며 아낌없이 후원해준 남편 J, 부족한 초짜 그림을 올릴 때부터 뜨거운 호응과 관심, 응원을 보내주셨던 블로그 이웃님, 인스타그램의 인친님 들 덕분에 지금까지 죽 걷고 그릴 수 있는 용기를 얻었습니다. 이 책의 지면을 빌어 다시 한번 감사드립니다.

또한 얼마 전 세상을 떠나 좋은 곳으로 가신 나의 영원한 기둥이자 동반자인 엄마에게 이 책을 헌사하고 싶습니다. 감사합니다.

2020 가을

제주유딧, 박지현 드림

차례

1부

혼자라는 것

혼자 걷다

1코스

시흥리

|

광치기 해변

2015년 3월 어느 평일 오후, 버스에서 내린 사람은 나뿐이었다. 제주 동회선을 일주하는 70번 버스가 먼지를 일으키며 가 버리고 나자 시간이 멈춰 버렸다. 머리 위에서 내리쬐는 태양빛이 길에 반사되어 순간 눈이 먹먹해졌다. 찌푸린 눈살 속으로 무뚝뚝한 전봇대가 아슴푸레 들어왔다. 전깃줄에 앉아 있는 새들은 미동조차 없었다. 들판의 풀들도 꼿꼿이 서 있었다. 바람은 대체 어디로 간 것일까. 개 짖는 소리, 들판의 경운기 소리, 화들짝 놀란 꿩이

꽥하며 비명을 내지르다 날개를 푸드덕거리며 날아가는 소리……. 이후에 내가 올레길을 걸으며 시골 마을을 지날 때마다 가장 많이 들을 소리, 사람이 사는 마을에서 흔히 들려올 법한 소리가 그날 그 시간 그곳에서는 전혀 들리지 않았다. 시야가 미치는 곳에 아무도 없기까지 했다. 예상치 못한 상황에 어리둥절해진 나는 버스가 떠나 버린 길을 멍하니 바라보았다.

이날 아침, 나는 침대에 누워서 책을 뒤적거리고 있었다. 전날 마신 술 때문에 몸과 마음이 나른해 종일 책이나 읽으려 했다. 술은 J와 마셨다. 제주에 입도한 그날부터 밤마다 우리는 둘만의 자축 파티를 조촐하지만 요란하게 벌리고 있었다. 보증금 5백만 원에 한꺼번에 치른 일 년치 월세 5백만 원, 엘리베이터도 없는 20여 평의 낡고 오래된 빌라 3층에 살게 된 것을 자축하다니. 머리가 돌지 않고선 이럴 수는 없다. 우리는 잘 돌아가던 사업과 멀쩡한 직업을 내팽개쳐 버리고 부모 형제 다 함께 살고 있던 도시를 떠나 달랑 둘이서 잘 알지도 못하고 아무런 연고도 없는 멀고 먼 섬 제주로 왔다.

그렇게 한 달 보름이 지난 날 아침, 나는 책을 읽다 갑자기 벌떡 일어나 집을 나섰다.

시내버스를 타고 시외버스터미널에 갔다. 내 차는 제주에 오기 직전 팔아 버렸다. 책도 다 팔고 침대는 매트리스만 남기고 프레임은 버렸다. 옷과 신발, 이불을 버리고 찻잔과 그릇 들을 버리고 식탁과 의자를 버렸다. 순식간에 반토막 난 우리의 살림살이는 5톤짜리 이삿짐 차량에, 우리는 J의 12인승 스타렉스에 탄 채 여객선에 실려 제주항을 통해 제주에 입도했다. 제주항과 바다가 보이는 집으로 이삿짐을 옮겼다. 지난달의 일이었다.

화장실도 차를 끌고 가고 싶을 만큼 이십 대 초반부터 자가용을 몰고 다녔던 나였기에 제주에 와서 마이카가 없는 일상에 제일 먼저 불편함을 느꼈다. 직장을 다시 갖거나 학원이라도 차리면 차를 구해볼까. 지금 나는 백수고, 백수에게 뚜벅이의 삶은 당연하다 생각한다. 하지만 육지에 살 때도 대중교통이 익숙하지 않았던 나에게 복잡하고 배차 간격이 드문드문한 제주의 버스를 타는 일은 정말이지 답답하고 불편하다. 나는 기다림과 걷기를 싫어하는, 성질 급하고 삶에서 한 번도 혼자 여행을 해 본 적이 없는 사람이었다. 올레길을 걷기 전까지는 그랬다.

버스에 올랐더니 기사님이 어디까지 가느냐고 물었다. 어디로 가야 할까. 머릿속이 잠시 하얘졌다. 올레길 1코스를 걸어보려 하는데요, 어디서 내려야 하는지 잘 모르겠어요. 책에는 시작점이 시흥리라고 나와 있었는데……. 목적지를 정확히 몰라 쭈뼛거리며 말끝을 흐렸다. 기사님이 고개를 끄덕이며 요금 정산 기계 버튼을 누르더니 카드를 대라고 했다. 시외버스 요금이 현금이 아닌 카드로 해결된다니. 원시 부족 생활을 이어오던 원주민이 휴대전화를 들고 있는 것만큼 야릇했다. 그 정도로 나는 제주에 대해 아는 것이 아무것도 없었다. 그런데도 이곳에서 평생 살기로 작정하고 온 것이다.

J는? J는 나 때문에 제주에서 살게 되었다. 제주에서 살 생각은 꿈에도 해본 적이 없었던 J는 제주에 평생 딱 한 번, 지금으로부터 넉 달 전에 나와 함께 여행으로 처음 와봤다. 그때 한라산을 오르다가 내가 제주에서 살아야겠어, 라고 했더니, J는 "그래? 그러자"라고 대답했다. 지금 당장, 정말 그럴 거라고는 생각하지 못한 말투로. 막연히 먼 미래에 언젠가는 그럴 수도 있겠지, 여기서 살 수도 있

겠지 싶은 말투로.

평일 오후에 어딘지도 모르는 곳으로 버스를 타고 가는 여행이란 대사가 어쩌다 한 번씩 나오는, 미장센이 주제인 영화를 보는 것과 같았다. 동회선 일주버스는 함덕 서우봉 해변, 김녕 성세기 해변을 지나 성산을 거쳐 서귀포까지 가는 버스다. 왼쪽으론 푸른 바다가, 오른쪽으론 피라미드처럼 보이는 오름들이 곳곳에 솟은 드넓은 평원이, 저 멀리에선 무채색 실루엣의 한라산이 차창 너머로 흘러갔다. 까만 돌담과 연두색 밭, 알록달록 지붕 낮은 집들이 모인 마을이 나타났다 사라지는 풍경을 반복하며 버스는 천천히 달렸다.

갑자기 참새 소리가 요란하게 들려왔다. 전깃줄에서 꼼짝 않던 새들이다. 들판의 풀도 이리 저리 흔들렸다. 바람이 불었다. 바람은 내 긴 머리카락도 잠시 헝클어놓았다. 버스가 떠나 버린 길을 멍하니 바라보다 정신을 차리고 제주 올레 가이드북을 펼쳤다. 집을 나설 때 챙긴 거라곤 가이드북 한 권과 지갑, 휴대전화가 전부였다. 다시 읽어보니 올레길의 시작은 시흥초등학교란다. 시흥초등학교는 버스 정류장에서 오십 걸음도 안 되는 도로가에 있었다. 운동장에 잔디가 깔린 귀여운 학교였다. 뒤편에는 거무튀튀한 오름이 있었다. 운동장도 텅 비어 있긴 마찬가지였다. 교무실에 가면 누가 있을까? 올레길에 대해 물어볼 수 있을까? 고요함에 괜히 머쓱해진 나는 발걸음을 돌려 다시 버스 정류장으로 갔다.

아까는 보이지 않았던 것이 눈에 띄었다. 까만 돌담에 붙은 파란 화살표다. 화살표가 가리키는 방향으로 몇 걸음 걸어가니 '제주 올레'라고 쓰인 커다란 돌이 있었다. 제주 조랑말을 본떠 만들었다는 파란 간세도 있었다. 마치 간세가 나보고 저쪽으로 가라는 것 같았다. 간세 머리가 향한 곳으로 좀 더 걸어갔더니 나지막한 돌담으로 둘러싸인 밭 사이에 흙길이 나 있었다. 길 끝에는 아까 본 오름이 우뚝 솟아있었다. 이 길도 아무도 없었고, 아무 소리도 들려오지 않았다.

올레길은 워낙 유명하니 시작 지점에만 가면 분명하고 뚜렷한 표식이 있을 줄 알았다. 축제 음악이 울려 퍼지고 풍선과 리본으로 장식된 입구가 있는, 사람들로 바글바글한 장소는 아니더라도 어떤 특별한 풍경이 기다리고 있을 줄 알았다. 나에겐 어마어마하게 긴, 425킬로미터 길의 시작 지점이니 어느 정도는 꾸며져 있을 거라는 근거 없는 상상을 했다.

나는 걷기 여행을 해보기는커녕 살면서 여행 자체도 제대로 해본 적이 없다. 관광과 유람이야 많이 해봤다. 하지만 여행은 다르다. 올레길을 걷기 전에는 같은 줄 알았지만, 길을 다 걷고 난 후에 돌아보니 분명히 달랐다. 여하튼 이때까지 책으로만 올레길을 걸어봤기에 사람 그림자도 보이지 않는 밋밋하고 심심한 시골 마을버스 정류장에서 올레길이 시작할 줄은 상상도 하지 못했다.

참새는 쉬지 않고 울어댔다. 그 소리조차 기묘하게 들렸다. 내가 평일 오후, 인적 없는 시골 마을에 서 있다니. 너무나 이상한 일이었다. 곧 정신을 차린 나는 무심한 햇살에 눈이 부셔 비틀거리며 천천히 한 걸음 한 걸음 리본을 따라갔다.

얼마 걷지 않아 현대적인 건물이 나타났다. 제주 올레 안내 센터였다. 슬쩍 문을 여니 데스크에서 뜨개질을 하던 중년 여성이 일감을 내려놓고 인사를 했다. 주홍, 파랑 두 권으로 구성된 여권 사이즈의 올레길 패스포트를 구입하고 설명을 들었다. 제주 올레길은 제주 한 바퀴를 도는 걷기 여행길이다. 총 425킬로미터 길이가 26개의 코스로 나누어져 있다. 각 코스에는 시작점, 중간 지점, 종점이 있고 지점마다 나무로 만든 간세가 세워져 있다. 간세의 머리 쪽에 달린 문 안에 들어있는 스탬프를 올레길 패스포트에 찍으면 된다. 스물여섯 코스의 스탬프를 모두 찍으면 제주 올레 완주증과 메달을 받을 수 있고, 제주 올레 완주자 명예의 전당에 사진과 이름이 오른다. 한 코스는 평균 15킬로미터 거리로, 걷기만 하면 네다섯 시간 정도 걸리지만 중간에 밥 먹고 쉬기도 하면 거의 온종일 길에 있는 셈이다.

난 그저 올레길에 관한 책을 읽다가 궁금해서 집을 나섰을 뿐 그렇게 많이 걸을 생각이 없었고, 걸을 수도 없을 거라고 생각했다. 긴 길을 걸어본 적이 있어야 말이지. 더군다나 혼자서는 더더욱 무리라고 생각했다. 패스포트를 구입한 건 순전히 기념품 차원에서였다. 나는 어떤 여행에서든 전리품으로 기념이 될 만한 것을 구입하거나 들고 온다. 떨어진 꽃잎이나 나뭇잎 같은 것들 말이다. 강가나 바닷가에 갔을 때는 돌을 주워 오거나 흙을 한 줌 퍼온 적도 있다. 물론 작은 열쇠고리나 여행지 풍경이 담긴 자석, 손거울, 파우치, 책갈피 등등 관광지 기념품을 가장 많이 사곤 한다.

그런 하찮은 기념품으로 위안을 얻으려 했다. 나의 여행은 다시 펼쳐질 기약이 없는 책의 접혀진 모서리와 같았다. 여행의 끝에서 나는 언제나 우울했고, 돌아와서도 한동안 공허함을 느꼈다. 올레길을 걸어도 같은 기분을 느끼게 될까.

얼마 걷지 않았는데 올레길 시작점 스탬프가 패스포트에 찍힌 걸 보니 묘한 기분이 들었다. 좀 더 걸어야 할 것만 같았다. 시간은 오후 2시를 넘고 있었다. 해 지기 전까지는 아직 시간이 남았다.

안내 센터를 나오니 펜션에서 커피와 생수를 팔고 있었다. 생수 한 병을 사서 손에 쥐고 걸었다. 길은 산비탈의 좁은 황톳길로 이어졌다. 드넓은 밭에는 새순이 자라고 있었다. 여기에도 사람이 없었고, 여전히 어떤 소리도 들리지 않았다.

순간 인기척이 느껴져 걸음을 멈추고 뒤돌아보았다. 아무도 없었다. 들판을 내려다보고 나무들이 우거진 산자락을 올려다보았지만 움직이는 거라곤 저 앞, 오십 걸음쯤

앞에 있는 나무에 매달린 올레 리본뿐이었다. 바람. 내 머리카락을 스치고 저만치 앞서간 바람에서 어떤 숨결을 느꼈다면 지나친 상상일까. 아무도 없는 낯선 길을 혼자 걷다 바람의 기척에 놀라 엉뚱한 생각에 빠진 것은 아닐까. 아니, 아니다. '그것'은 아주 작은 파동이었지만 나를 향한 분명한 신호였다. 그 공간을 맴도는 주파수를 감지하는 사람만 알 수 있는 신호.

그만 걸을까. 발길을 되돌려 집으로 돌아가 침대에 누워 책 속의 올레길을 마저 걷는 편이 좋을까. 이대로 길을 걷다 한 발짝도 뗄 수 없을 만큼 다리가 아프면 어쩌지? 집으로 돌아가는 버스를 타지 못하면, 걷다가 넘어지면, 넘어져서 발목이라도 삐끗하면, 비탈길에서 구르면, 구르다 기절하면, 나쁜 사람이 쫓아오면, 귀신에게 홀리면. 상상은 끝 간 데 없이 뻗어나갔다.

하 –. 숨을 크게 내쉬었다. 하늘은 파랬고, 옅고 고운 구름결 사이로 또다시 바람이 지나갔다. 산비탈에 서 있는 나무에 묶인 리본이 나부끼고 있었다. 이쪽으로 오라고 리본이 나를 불렀다. 멈춰 버린 풍경 속에서 유일하게 움직이는 분명한 손짓이었다. 그 손짓에 이끌려 걸음을 옮겼다.

어느새 거무튀튀한 오름 앞에 도착했다. 말미오름은 구제역으로 폐쇄되었으니 우회하라는 표지판이 세워져 있었다. 다행이었다. 평탄한 길을 혼자 걷는 것도 이만큼이나 용기가 필요한데 산이라니. 산행이라면 질색이다.

말미오름을 지나쳐 인적 없는 길을 계속 걸었다. 꽤 걸은 것 같은데 사람은 여전히 한 명도 만날 수 없었다. 길은 또다시 오름으로 이어졌다. 이번에는 우회하라는 안내가 없어서 잠시 망설이다 오르기로 했다. 오름 입구는 철골로 만들어진 ㄹ자 구조로, 몸을 이리저리 비틀어야만 통과할 수 있었다. 오름의 이름은 알오름이었다. 알처럼 생겨서 알오름이란다. 제주에서 오른 첫 오름이었다.

오름은 동네 뒷산만큼 오르기 쉬웠다. 가성비는 또 얼마나 좋은지. 조금 올랐을 뿐인데 정상 풍경은 높은 산 못지않았다. 바람이 먼저 나를 맞아주었다. 탁 트인 하늘과 바다, 마주보고 있는 우도와 성산, 켜켜이 겹쳐진 크고 작은 오름들이 부드러운 능선을 이루는 제주의 동쪽 풍경이 파노라마처럼 눈앞에 펼쳐졌다. 이리저리 뻗은 길에는 오종종한 지붕들이 머리를 맞댄 채 모여 있는 마을이 있었다. 이런 것이 오름이라면 제주에 있는 360여 개의 오름에 다 올라보고 싶다고 생각했다. 인적 없는 길에서 느낀 무서움은 어느새 사라져 있었다. 작은 오름에 올랐을 뿐인데 마치 세상의 끝에서 온 세상을 내려다보고 있는 것 같았다.

알오름을 내려오니 또다시 밭이 펼쳐졌다. 커다란 마시멜로 같은 포대에는 무가 들어 있었고 밭 여기저기에 무 파치가 굴러다녔다. 어마어마한 양이었다. 까만 돌담이 둘러진 종달리 마을의 좁은 골목은 해안도로로 이어졌다. 차가 달려가는 소리와 파도 소리가 한데 섞여 들려왔다. 바닷물이 빠진 해변은 드넓은 평원처럼 보였다. 도로 옆에 걸린 빨랫줄에는 준치*가 널려 있었다. 바닷바람에 흔들리는 준치 사이로 성산과 우도가 펄럭였다.

중간 지점인 목화 휴게소에 도착했다. 어느새 여기까지 걸었다. 잠시 쉬어갈 겸 휴게소에 들러 준치 한 마리를 샀더니 구워서 내주었다. 준치는 처음 먹어본다. 오징어나 한치보다 싱겁고 덜 쫄깃하지만 자꾸 씹고 싶은, 오늘 내가 걸은 길과 같은 맛이었다.

다섯 마리 더 구워주세요.

---

* 밴댕이와 비슷한 준칫과의 바닷물고기.

J에게도 맛보이고 싶다. 시원한 맥주와 함께 준치를 씹으며 오늘 여행이 어땠는지 들려주고 싶다. J는 깜짝 놀라겠지. 대단하다 하면서도 다시는 혼자 걷지 말라 하겠지. 김이 모락모락 나는 준치가 든 비닐봉지를 달랑거리며 종달리 해안도로를 마저 걸었다. 멀리 성산이 보였다.

바다를 마주하고 서 있는 북유럽풍의 하얀 집이 눈에 띄었다. 게스트하우스였다. 하얀 털의 커다란 리트리버 두 마리가 나를 보고 컹컹 짖었다. 걸음을 멈추기만 해보라는 듯, 내가 완전히 지나갈 때까지 계속 짖었다. 무섭거나 화가 나지는 않았다. 오히려 조금 서글퍼졌다. 개들은 제주에서 당당히 살아가는데 나는 아직 이곳에서 살아도 된다는 허락을 받지 못한 것 같다. 보란 듯이 짖는 개들은 제주의 주민이고, 온종일 길을 걷느라 먼지와 바람에 추레해진 나는 피로하고 지친 이방인이다. 개에게 개가 지키려는 그 무엇도 빼앗으려 한 적이 없다고, 나는 그저 잠시 이 길을 지나는 것뿐이라고 해명하고 싶었다. 아니, 사실은 나도 이곳의 주민으로 살고 싶고, 그래서 먼 육지에서 내려오자마자 이 땅이 어떤 곳인지 알고 싶어 걷고 있음을 개가 알아채고 J에게 전해주기를 바랐지만, 개는 그저 속절없이 짖기만 했다.

다리에 힘이 풀리기 시작했다. 종달리의 긴 해안도로를 걸을 때부터 이미 내 다리는 문어처럼 흐물흐물 늘어지고 있었다. 더는 못 걸을 것 같은데 멈출 수가 없었다. 터벅터벅, 성산 갑문교와 성산초등학교 앞을 지나 한 걸음 한 걸음 세어가며 성산 입구에 도착했다.

전에도 성산에 온 적이 있었지만 주차장에서 만난 성산과 길을 걷다 마주한 성산은 사뭇 다르게 느껴졌다. 걸음이 더해질 때마다 성산은 점점 더 크게 보였다. 내가 성산에 다가가는 것이 아니라 성산이 내게 걸어오는 듯했다. 성산은 길모퉁이를 돌 때마다 다른 모습을 보여주었다. 중세의 요새 같기도, 철옹성 같기도, 어떨 때는 깎아지른 암벽 같기도 했다.

제주에는 1만 년 전부터 사람이 살기 시작했는데, 성산은 5천 년 전에 바다 속에서 분출하였다. 바다가 폭발하고 불기둥이 날아가는 사이로 산이 용솟음쳐 오르는 모습을 해안가에서 바라보던 사람들은 그 광경이 얼마나 경이로웠을까. 그래서 성산을 오름이 아니라 산이라고 부르나 보다. 제주 사람들은 산을 신성한 공간으로 생각해 함부로 오르지 않았다. 반대로 늘 오르내릴 수 있는 오름은 목장이나 밭으로 이용하며 살아왔다.

오늘날의 성산에는 관광객이 끊이질 않는다. 관광객들의 표정은 들뜨고 밝아보였다. 관광객들 사이를 스쳐 지나며 기묘한 기분이 들었다. 내게는 사람들이 보이는데 사람들에겐 내 모습이 보이지 않을 것 같았다. 그저 하나의 배경에 지나지 않는, 실루엣으로만 보일 것 같았다. 모디아노의《어두운 상점들의 거리》의 첫 문장처럼.

> 나는 아무것도 아니다. 그날 저녁 어느 카페의 테라스에서 나는 한낱 환한 실루엣에 지나지 않았다.*

그리고 그 후의 이야기처럼.

> 위트는 '해변의 사나이'라고 불리는 한 인간을 나에게 그 예로 들어 보이곤 했다. 그 남자는 사십 년 동안이나 바닷가나 수영장 가에서 여름 피서객들과 할 일 없는 부자들과 한담을 나누며 보냈다. 수천수만 장의 바캉스 사진들 뒤쪽 한구석에

---

* 파트릭 모디아노,《어두운 상점들의 거리》(문학동네, 2019), p.9

서서 그는 즐거워하는 사람들 그룹 저 너머에 수영복을 입은 채 찍혀 있지만 아무도 그의 이름이 무엇인지를 알지 못하며 왜 그가 그곳에 사진 찍혀 있는지 알 수 없다. 그리고 아무도 그가 어느 날 문득 사진들 속에서 보이지 않게 되었다는 것을 알아차리지 못할 것이다. 나는 위트에게 감히 그 말을 하지는 못했지만 그 '해변의 사나이'는 바로 나라고 생각했다.*

《어두운 상점들의 거리》는 한 남자가 자신의 기억을 찾는 여정을 보여준다. 자신의 나이도, 이름도 모르는 주인공 기 롤랑은 사진 하나를 단서로 온갖 사람들과 장소를 찾아다니며 잃어버린 과거를 되찾고자 하지만, 그럴수록 그의 기억은 점점 더 어둠 속을 헤매게 된다. 과거엔 분명히 존재했지만 현재는 사라진 장소에서 기 롤랑은 '해변의 사나이'였을 뿐이었다. 타인에게는 물론 자기 자신에게도.

성산을 지나던 나 역시 기 롤랑과 마찬가지로 '해변의 사나이'는 아니었을까. 육지에 남겨두고 왔다고 생각한 시간과 장소, 사람들, 육지에서의 내 삶은 아무것도 아닌

---

* 파트릭 모디아노, 《어두운 상점들의 거리》(문학동네, 2019), p.75~p.76

것일까. 나는 왜 제주에 온 것일까. 지금 이 시간, 이곳을 걷는 나는 누구일까.

마침내 1코스 종점인 광치기 해변에 도착했다. 모래 위에 새 발자국이 바다를 향해 뚜렷하게 찍혀 있었다. 바다로 간 새는 어디로 날아갔을까. 이 해변에 있었던 이름 모를 새에 대해 오랫동안 생각했다.

파도 소리가 크게 들려왔다. 부드럽게 밀려왔다 밀려가는 파도에 자갈이 휩쓸려 구르는 소리를 귀 기울여 들었다. 일몰이 시작되었다. 뒤돌아 성산을 바라보았다. 수평선을 가로지르며 노랗게 피어오르던 햇빛이 점점 주홍으로 바뀌며 하늘과 바다를 1만 년 전의 빛으로 물들이는 틈으로 성산이 떠오르는 것처럼 보였다. 바다에 서서 시간을 거슬러 올라가는 해를 넋 놓고 바라보다 퍼뜩 놀라 걸음을 서둘렀다. 아직은 낯선 곳에서 혼자 평화롭게 일몰을 마주할 용기가 없다.

아무도 없는 낯선 길

2코스

광치기 해변

|

온평 포구

아무 소리도 들리지 않던 작은 시골 마을과 이제 막 새순이 자라기 시작한 들판을 지나 산비탈의 좁은 황톳길을 걷다 문득 발걸음이 멈춰졌다. 귓가를 스치고 지나간 바람이 누군가의 숨결처럼 느껴져 두리번거리며 귀를 기울였지만 길 위에는 나뿐이었다. 기시감이 들었다. 발걸음을 멈추게 한 바람의 숨결을 어딘가에서 느낀 적이 있었다. 머지않아 의식의 수면 위로 한 기억이 떠올랐다. 한라산이었다. 처음 한라산에 오르던 그날의 바람이었다. 불과반 년 전의 일이다. 그 바람 때문에 제주에서 살아야겠다고 마음 먹어놓고도 제주에 오기 위해 온갖 일들을 다급하게 처리하느라 잠시 잊고 살았던 것이다.

1코스를 걷고 집에 돌아온 날, 침대 위에 누워서 올레길에 관한 책들을 뒤적일 때보다 더 큰 호기심을 가지고 그 길을 걸었던 사람들의 이야기를 찾아보았다. 다른 사람들은 어떤 생각을 하며 걸었는지 궁금했다. 현장감이 넘치는 생생한 이야기를 엿보면서 기묘하고 모호했던 그날의 여행을 곱씹어보고 싶었다.

하지만 인터넷 검색을 통해 맞닥뜨린 이야기는 사고에 관한 것이었다. 어떤 죽음에 대한 뉴스가 떠 있었다. 사건이 일어난 지 몇 년이 지난 지금도 그 사건의 파장은 여파를 몰고 와 두려움의 진동을 1코스 위에 남겨놓았다.

제주에 만들어진 걷기 여행길이 성공하자 전국의 지방 자치 단체들은 앞다투어 자기 지역에 길을 만들었다. 전국은 걷기 열풍에 휩싸였고, 그 기세를 몰아 어느 유명 스포츠 브랜드 회사는 제주 올레길에서 자사의 운동화 CF를 촬영하기도 했다. 드넓은 들판을 뛰어다니는 남녀 위로

'올레길도 문제없다'라는 대사가 흐르는 광고였다.

그토록 사랑받던 올레길에서 사고가 나자 기다렸다는 듯이 질타와 손가락질이 쏟아졌다. 외부가 아닌, 제주 안에서.

J의 첫 제주 여행, 나의 두 번째 제주 여행이었던 그때 우리는 제주를 한 바퀴 돌며 주요 명소를 찾아다녔다. 쪽빛 물빛의 제주 북동쪽 바다를 시작으로 성산, 쇠소깍, 서귀포 자연 휴양림을 거쳐 한라산에 올랐다. 우리 둘 다 산행에는 젬병이었으나 한라산에 오르는 것은 제주 여행의 정점을 찍는 의미 있는 걸음이라 생각했다.

한라산의 다섯 코스 중 우리는 가장 쉽게 오를 수 있고 아름답다는 영실 코스를 택했다. 1950미터, 남한에서 가장 높다는 한라산의 초입은 J와 내가 함께 올랐던 몇 안 되는 육지의 산들과 크게 다르지 않았다. 그런데 영실기암 즈음에서부터 산이 달라지기 시작했다. 헐벗은 몸피만 하얗게 남겨놓은 날카로운 가지의 구상나무 숲, 새까맣고 커다란 까마귀들이 깍깍거리며 등산객에게 먹이를 요구하는 기괴하면서도 신비로운 풍경이 나타났고 돌밭을 지나자 조릿대 평원이 백록담과 마주보고 펼쳐져 있었다. 산 정상에 평원이 있을 줄이야. 안개인 듯 구름인 듯 불투명한 하얀 연기가 평원의 대기 중으로 천천히 흐르며 너울거렸다.

하얀 사슴이 물을 마시며 살았다는 백록담. 우리는 크레이터 같은 한라산의 분화구 맞은 편에 평탄하고 길게 뻗은 목재 데크 길을 걷고 있었다. 그때였다. 오른쪽 평원의 안개 너머 벼랑 어딘가에서 바람이 불어와 나를 툭, 건드렸다. 그 바람은 발걸음을 멈추게 했고, 나는 문득 알 수 없는 감정에 휩싸여 J에게 말했다.

나 제주에서 살아야겠어.

산비탈의 황톳길에서 바람의 숨결을 느꼈을 때 이대로 되돌아갈까 망설였다. 오십여 걸음 앞에는 주홍과 파랑의 올레 리본이 바람에 날리고 있었다. 꿈인지 가수면 상태인지 알 수 없지만 분명하고 뚜렷한 영상이었다. 키가 작은 나무가 있는 언덕길, 파란 하늘이 맞닿은 길 끝 둔덕에서 나뭇가지에 매달린 리본이 바람에 날리는, 그저 그뿐인 영상. 아무도 없고 아무 소리도 들리지 않는 정지

된 풍경 속에서 단 하나의 의미 있는 손짓은 바람이었다.

그 사건을 미리 알았다면 어땠을까. 올레길을 걷지 않았을까. 아마도 그랬을 것이다. 용기를 내어 걸었다 하더라도 오래 망설여 시간이 꽤 지난 후였을 것이다. 1코스에 들어섰을 때 아무도 없는 낯선 길을 두려움 속에서도 계속 걷기로 한 건 햇살이 길을 쨍하게 비추고 있어서, 바람에 리본이 흔들려서였다.

두려움은 미래에 대한 불확실성으로부터 찾아온다. 만일 내게 제주에 대한 사전 정보와 지식이 있었다면, 이곳에서 펼쳐질 미래에 대해 어느 정도 아는 상태에서 제주 이주를 상상했다면 '불확실한 미래' 때문에 제주에서 살지 못 했을 것이다. 지금 내가 제주에서 살고 있는 건 본능에 가까운 강렬한 바람 때문이다. 올레길을 처음 걸었던 그날도 그랬다. 올레길에 관한 책들을 읽으면 읽을수록 궁금증이 더해져 그저 집을 나섰다. 그때까지만 해도 제주가 서울의 세 배나 되는 큰 땅이라는 것을 몰랐기에, 지금 제주에 살고 있으니까 가 보면 될 거 아니냐는 가벼운 마음으로 무작정 나선 것이었다.

하루 종일 길 위에서 지내 보니 생수 말고도 필요한 것이 많았다. 휴지, 손수건, 수첩과 펜, 호신용 가스총과 제주 올레 사무국에서 빌린 '여행지킴이' 단말기를 챙겼다. 단말기를 목에 걸고 다니다 유사시 버튼을 누르면 현장 사진이 찍히는 동시에 인근 경찰서로 연락이 간다. 경찰이 오는 동안 가스총을 쏘고 도망간다는 것이 내가 생각한 긴급 상황에 대처하는 시나리오다. 이렇게까지 준비해야 하나 싶겠지만, 그래야 한다. 이토록 겁이 많으면서도 올레길을 걷고 싶은가. 그렇다. 그 길에서 누군가 죽었다. 그래서 나는 여전히 두렵다. 그럼에도 걷고 싶고, 걸을 수 있는 만큼 걸을 생각이다.

1코스가 끝나는 곳, 성산이 있는 광치기 해변으로 다시 갔다. 검푸른 바다에 물결이 너울지고, 밀려왔다 밀려가는 파도는 자갈에 부딪쳐 달그락 소리를 내며 하얀 물거품으로 부서졌다. 깎아지른 성산의 벼랑 아래 바위굴을 넘나들다 멀리 달아나 물그림자를 드리웠다. 여기서부터 오늘의 걸음이 시작된다. 그리고 오늘의 여행이 끝나는 곳에서 다음 여행이 시작된다. 어쩐지 이 여행에서는 아쉬움이 남지 않을 것 같다. 간세 머리를 들어 올려 시작점 스탬

프를 꾹 눌러 찍고 걷기 시작했다.

광치기 해변을 떠난 지 얼마 되지 않았는데 벌써 중간 지점이 나왔다. 최소 1시간은 걸어야 만나는 곳인데 길을 잘못 들어선 걸까. 마트에 들어가 물어보니 올레길을 잘 모른단다. 제주 사람들은 올레길을 잘 모른다. 나만 해도 올레길을 걷고부터 우리 집 앞의 올레 리본이 보이기 시작했다. 올레 리본은 그 길을 걷는 사람에겐 뚜렷하게 인식되지만, 그렇지 않은 사람에겐 풍경 속에 섞여 눈에 잘 띄지 않는다. 결국 제주 올레 사무국에 전화했다. 제대로 걷고 있다며 구제역으로 식산봉 길을 폐쇄했으니 우회해서 가라고 알려주었다.

1코스를 혼자 걸으며 좀 많이 무서웠어요. 2코스도 혼자 걷는데 무섭지 않을까요. 대수산봉은 어때요. 혹시 무서우면 전화해도 될까요.

사무국 직원은 언제든 전화하라고 친절하게 대답했다. 원한다면 전화를 걸어주겠다고도 했다. 가스총과 안전지킴이 단말기를 챙기고 제주 올레 사무국에 보고까지 했으니 안전을 위해서 내가 할 수 있는 일은 다 했다. 최선을 다했는데도 원치 않는 일이 일어난다면 그건 어쩔 수 없는 일이다. 일어날지 아닐지도 모를 미래의 일까지 걱정하고 두려워하여 지금 내가 원하는 일을 포기한다면, 제자리에서 한 걸음도 나아갈 수 없을 것이다.

대수산봉은 1코스의 알오름과 달리 숲이 우거진 오름이었다. 햇빛이 덜 들어오는 좁은 숲길은 한낮인데도 서늘하고, 무서웠다. 심호흡을 하고 주위를 두리번거리며 서둘러 올랐다. 잡목과 가시로 뒤섞인 숲이 언제까지나 이어질 것 같았는데 금세 정상에 도착했다. 봉긋한 정상에 하얀 벤치 하나가 놓여 있었다. 하늘과 맞닿은 언덕 위의 하얀 의자. 성산과 우도가 가까웠다. 아래를 보니 도로가 바다를 가르며 이쪽저쪽으로 나 있었다. 성산은 설문대할망의 빨래통이고 우도는 빨래판이라는 제주의 신화가 문득 생각났다.

갑자기 어디선가 노루가 나타났다. 아무도 없는 외길에서 후다닥 소리가 나더니 가늘고 긴 다리를 가진 커다란 짐승 한 마리가 펄쩍 뛰며 내 앞을 바람처럼 지나쳐 십여 걸음 앞에서 멈췄다. 나를 빤히 바라보는 커다란 눈망울은 놀라움과 두려움, 의아함과 호기심으로 반짝였다. 노루가 내 쪽을 향해 천천히 다가왔다. 왜, 왜 오는데. 뒷걸음치며 노루에게 말했다. 내 말을 알아들었는지 걸음을 멈춘 노루는 몸을 획 돌려 밭 울타리를 훌쩍 넘어 숲속으로 사라졌다.

얼이 쑥 빠진 채 노루가 사라진 숲을 한동안 가만히 바라보다 다시 걸었다. 이번에는 말 한 마리가 길을 막았다. 말은 내가 보이지 않는다는 듯 눈길 한번 돌리지 않고 풀만 뜯고 있었다. 숨을 멈추고 살금살금, 최대한 말에게서 멀리 떨어져 빠르게 지나쳤다. 제주에 살면서부터 말이 낯설지 않았지만, 아무도 없는 좁은 시골 길에서 만나니 크고 위압적으로 보였다.

한참 더 시골길을 걷다가 혼인지에 다다랐다. 온종일 자연을 걷다 깨끗하고 반듯한 건물을 보니 기분이 묘하면서도 마음이 놓였다. 자연은 경이롭지만 아직은 낯설고 두렵다. 혼인지 입구에는 '1960년대의 온평리 혼인지 마을의 혼인 모습'이라는 제목 아래 커다란 흑백 사진이 붙어 있었다. 초가집 앞에 흰색 한복을 입고 하얀 면사포를 쓴 신부와 챙이 없는 갓을 쓴 신랑이 가운데 서 있고 양쪽에 친척과 지인으로 보이는 사람들이 있다. 모두 입을 꾹 다문 채 카메라를 보고 있다. 어떤 사람들은 가슴에 어버이

날 어린 자녀들이 만들어준 종이꽃 같은 하얀 꽃을 달았다. 50년 전 사람들이다. 저 신랑 신부는 그 후로 잘 살았을까.

혼인지는 제주 건국 신화와 연관이 있는 신성한 장소이기도 하다. 아주 오랜 옛날, 지금의 제주시 삼성혈 자리에서 고씨, 양씨, 부씨 성을 가진 3신인이 솟아나왔다. 제주 건국 신화는 신이 하늘에서 내려온 것이 아니라 땅에서 솟아나고, 한 명이 아니라 세 명이란 점이 특이하다. 척박한 섬 제주에서 공동체를 이루며 살아가는 제주인들의 삶의 시원*을 투영한 것이 아닐까. 제주 3신인 역시 제주를 창조한 설문대할망처럼 인간 모습을 하고 수렵과 어업을 하며 살았다.

3신인이 어느 날 한라산에 올라 멀리 내다보니 동쪽 바다에서 오색찬란한 나무상자가 떠내려와 해안에 머물러 있었다. 그곳으로 가서 목함을 열었더니 안에 알처럼 생긴 둥근 옥함이 또 들어있었다. 옥함을 열었더니 관대를 하고 붉은 옷을 입은 사자使者와 15, 16세 가량의 3공주와 소와 말, 오곡 종자가 있었다.

* 사물, 현상 따위가 시작되는 처음.

사자가 3신인에게 말하길, "저는 동해 벽랑국의 사자입니다. 우리 임금께서 세 분 공주를 두셨는데 혼기가 차도록 배필을 구하지 못해 안타깝게 여기고 있던 차에 서해 높은 산에 있는 3신인이 장차 나라를 세우고자 하나 마땅한 배필이 없다는 것을 아시고, 저에게 명하여 3공주를 모시고 오게 하였으니 마땅히 배필로 삼아 대업을 이루소서." 하고는 구름을 타고 사라졌다.

3신인은 3공주를 각각 신부로 맞아 혼인지 연못에서 목욕을 하고 혼례를 올린 후 산방굴에 신방을 차렸다. 옥함에서 나온 송아지, 망아지를 기르고 오곡을 뿌려 태평하게 살았다. 이때부터 제주에 농경과 목축 생활이 시작되었다고 한다.*

산방굴의 안쪽은 세 갈래로 나뉘어져 있다. 땅 아래로 꺼져가는 모양새의 동굴 입구는 막혀 있었지만 안을 들여다볼 수는 있었다. 축축하고 스산한 냄새가 나는 굴은 어두컴컴했고 사람이 들어갈 수 없을 만큼 비좁아보였다. 이런 곳에서 세 쌍의 부부가 합방을 했다니, 안쪽에는 제법 넓은 공간이 있는 걸까.

---

* 제주 성산읍 온평리 마을 혼인지에 있는 연못 남쪽에 세워진 현무암 비碑 기록

혼인지에 있는 3공주 추원비는 벽랑국에서 온 세 명의 공주를 추모하기 위해 후손들이 세웠다 한다. 여름이면 수국이 피고 겨울이면 동백이 피는 고즈넉한 혼인지를 따사로운 봄날 천천히 걸으며 잠시 신화가 내뿜는 향기에 젖어보았다. 아름답고 신비로운 이야기가 펼쳐진 신화 속의 무대를 직접 보고 걸으니 상상에 사실이 보태져 역사로 탈바꿈된 신화가 내게 좀 더 가까이 다가왔다.

나는 사실과 논리에 입각한 정사《삼국사기》보다 역사를 문학의 틀에 넣어 쓴《삼국유사》를 더 좋아한다. 기이紀異 편에 나오는 고조선 건국 신화부터 인간이면서도 초인적인 능력을 발휘하는 사람들의 기이하고 환상적인 이야기를 특히 좋아한다. 누군가는 허무맹랑하다고 폄훼했지만, 나는 전설과 신화에서 의미와 상징성을 찾기보다 그 자체로 받아들이며 상상하기를 즐겼었다. 나라를 세우고 태평성대를 이루기 위해서 단군에게는 마늘과 쑥을 먹고 사람이 된 웅녀가, 천제의 아들 해모수에게는 물의 신 하백의 딸이, 알에서 태어난 박혁거세에게는 입술이 닭 부리와 같은 아내가 필요했던 것처럼 척박한 섬 제주에서 수렵과 어업을 하며 살았던 3신인에게 농경과 목축을 전수하고 나라를 이루게 한 것은 바다 건너 머나먼 이국에서 목함을 타고 떠내려 온 이방인 3공주였다. 바다 건너 머나먼 이국……. 나도 그런 기분으로 제주에 왔다.

온평리 마을 입구에는 잘생긴 폭낭 세 그루가 한라산을 향해 가지를 뻗고 있었다. 제주의 수호목은 폭낭(팽나무)이다. 마을로 들어서는 길에는 언제나 폭낭이 있다. 폭낭은 몸피도 수려하지만 누군가 부지런히 가지치기를 해준 것처럼 어느 한 가지도 삐져나감 없이 늘 반듯하고 정갈한 모양새다. 잎이 다 떨어진 겨울의 폭낭은 무채색 잉크로 그린 그림 같다.

온평리 마을 바다에 도착했을 때 바다에는 윤슬이 반짝이고 있었다. 바닷물을 뜨면 손 안에 고인 물도 반짝일 것만 같았다. 이곳이 올레길 2코스의 종점이었다.

어제와 비슷하게 15킬로미터 남짓 걸었다. 다리가 아프고 온몸이 바닷물에 젖은 듯 무거웠다. 저녁때가 되니 몸이 오슬오슬 떨렸다. 온평 포구 정자에 낡은 일 인용 소파가 놓여있어 잠시 앉아보았다. 온종일 햇빛을 받은 소파는 지친 몸을 따뜻한 온기로 감싸주었다. 정자 앞 가게에 쭈그리고 앉아 있던 동네 아저씨들이 대화를 멈추고 소파에 앉아 멍하니 바다를 쳐다보는 낯선 이방인을 빤히 바라보았다.

오늘도 종일 굶었다. 날이 저물려면 아직 더 남았다. 배도 고프고 다리도 아프지만 어쩐 일인지 좀 더 걷고 싶다.

발걸음을 멈추고 그림자를 가만히

3코스

온평 포구

|

표선 해비치 해변

내가 이렇게 잘 걸을 줄 몰랐다. 다리가 통통 붓고 발목은 따로 노는 것처럼 시큰거리고 무릎이 삐거덕거려 일어설 수도 없을 것 같은데, 통증을 참고 땅을 딛고 일어서 한 걸음씩 걸으면 조금씩 발의 통증이 사라지고 다리가 알아서 움직인다. 그렇다고 발이 아주 말짱한 것은 아니지만, 어느 정도의 발병을 안은 채로 십여 킬로미터까지는 걸을 만하다는 것이 신기하다. 물론 나머지 거리는 당장에 쓰러져도 이상하지 않을 정도로 비틀거리며 걷는다.

지난 두 코스의 총 거리는 30킬로미터로, 내가 살면서 단기간에 가장 길게 걸은 거리다. 평소 등산은커녕 운동도 안 하다 갑자기 30킬로미터를 걷다니. 다리에게 무지막지한 요구를 한 셈이다. 아무도 나에게 걸으라고 한 사람이 없어 발이 아프다고 누구에게 알릴 수도 없다. 특히 J에겐 말할 수 없다. 혼자 다니는 것도 불안해하는데 몸에 무리가 갈 정도로 걸었다고 하면 더욱 더 걷지 말라며 말릴 테니까. 그래서 오늘도 내가 이렇게 잘 걸을 줄 몰랐다고 환하게 웃으며 거짓말을 했다.

다리도 아프고 혼자 하는 여행은 여전히 두렵지만, 밥을 먹다가도 잠을 자려다가도 시도 때도 없이 올레길이 눈앞에 떠오른다. 드넓은 평원의 좁은 언덕길, 작은 나무의 구부러진 나뭇가지에 매달린 리본이 길 쪽을 향해 몸을 뻗어 팔을 흔들며 응원하는 것처럼 바람에 흔들린다. 아무도 없는 정지된 풍경 속에 태양은 높이 떠 있고 구름은 뭉게뭉게 떠다닌다. 나는 풀과 나무, 흙과 돌, 하늘과 바다, 숲을 처음 본 사람처럼 길을 걷다 자주 멈춘다. 실제 올레길은 어디에선가 끝이 나 흙길, 돌길, 진창길, 마른 솔가지길이 들판과 바다, 오름과 숲, 마을길과 도로로 바뀌지만 상상으로 걷는 올레길은 언제나 이 길이다.

바다는 수많은 파랑으로 이루어져 있고 숲은 수많은 초록의 스펙트럼으로 물들어 있다. 어떤 물감으로 이토록 섬세하고 안정적이며 눈부신 색을 만들 수 있을까. 부드럽고 따뜻한 색으로 그린 그림처럼 차분한 풍경. 하늘과 맞닿은 바다를 등 뒤로 놓고 길 끝의 커다란 봉분 같은 오름을 마주하고 걷는 부드러운 곡선 길. 그리고 그 길을 타박타박 천천히 걷고 있는 나의 뒷모습.

2코스가 끝나는 온평 포구에서 오늘의 걸음을 시작했다. 첨성대를 닮은 도댓불, 올레길 화살표가 그려진 돌담. 오늘은 길가의 꽃도 보이고, 나무들도 눈에 들어온다. 햇살이 참 좋다. 이번 주는 내내 화창하다.

통오름에 올랐다. 다섯 개의 봉우리가 분화구를 둘러싼 모양새가 멀리서 보면 통처럼 생겼다는데 나무들에 가려져 전체 모습이 보이지 않았다. 올레길을 걸으며 오름에 올라 보니 오름마다 특징이 있다. 높이와 크기, 모양이 다른 것은 당연하고 자라는 나무와 풀꽃도 각각 다르다. 나는 오름을 크게 두 가지로 구분한다. 민둥산 오름과 숲으로 이뤄진 오름이다. 또 움푹 파인 굼부리(분화구)를 품고 있어 둘레길을 걸을 수 있는 오름과 나무와 풀꽃이 잔뜩이라 좁은 사잇길로 올라야 하는 오름이 있다. 억새가 지천인 오름, 야생화가 잔뜩 피어있는 오름이 있다. 어떤 야생화는 무릎을 구부리고 앉아 한참 보기도 했다. 인적 없는 길에 작게 피어난 야생화가 이렇게나 예쁜 이유는 무엇일까.

해발 5백 미터 안팎밖에 되지 않는 오름을 오르며 산에 오르는 사람들을 이해하게 되었다. 계단이나 비탈길을 오를 때는 숨이 턱에 차고 한 걸음을 옮기기 힘들 정도로 다리가 아픈 순간도 있지만 오르는 동안에도 이름 모를 야생화와 나무 들에게 위로를 받고, 백미는 역시 정상에서 보는 풍경이다. 조금 높이 올라왔을 뿐인데도 탁 트인 시야로 제주가 우르르 쏟아져 들어온다. 드넓은 평원에 오름들이 겹치고 포개지며 굽이굽이 펼쳐져 있고 그 끝은 바다와 맞닿아 있다. 지붕 낮은 집들이 모여 있는 마을과 까만 돌담도 보인다.

화산 분출로 형성된 360여 개의 오름은 홀로 오롯이 솟아있지만 오름 정상에 올라 오름 군락을 보면 모든 오

름들이 하나로 이어져 있음을 볼 수 있다. 이랑을 이루며 흐르는 푸르스름한 운해 사이로 봉긋이 솟은 크고 작은 오름들이 서로 손을 잡은 듯 하나로 연결되어 섬처럼 떠 있는 것이다. 드넓은 평원에 아스라이 펼쳐진 오름 군락을 보며 원시의 제주를 상상하곤 한다.

오름 둘레길 걷기는 언제나 즐겁다. 하늘을 걷는 것 같다고 할까. 둘레길을 돌며 이 오름이 이름처럼 통 같이 생겼음을 짐작할 수 있었다. 공간감, 방향감이 없는 나는 지금 내가 서 있는 곳이 전체의 어느 한 지점이라는 것을 파악하지 못해 툭하면 어떤 것에 홀려 따라가다 자주 길을 잃는데, 그런 나에게도 내가 커다란 통의 주둥이를 따라 한 바퀴 돌고 있다는 분명한 감각이 전해져 왔다.

통오름에서 내려와 큰 도로를 건너니 이번에는 독자봉이다. 다른 봉우리와 뚝 떨어져 홀로 있다 하여 붙여진 이름이란다. 탁 트인 전망을 가진 통오름과 달리 독자봉은 숲이 우거진 오름이었다. 독자봉 남서쪽에는 미천굴이 있는데 이름처럼 천 가지 아름다움을 지니고 있다 한다. 다음에 꼭 가 봐야겠다.

제주의 자연 절경을 하나하나 다 눈으로 직접 감상하

고 싶다. 한라산의 다섯 코스도 다 올라보고 싶고 봄, 여름, 가을, 겨울, 철마다 다른 한라산도 전부 보고 싶다. 겨우 올레길 두 코스를 걸었을 뿐인데 벌써 자연이 얼마나 특별한지 깨닫게 되었다. 전에는 왜 자연을 몰랐을까.

삼달리 마을의 비닐하우스 안에는 나무들이 자라고 있었다. 단단하고 굵은 가지가 가로로 펼쳐진 것을 보면 과일 나무 같은데 나는 나무에 대해서 잘 모른다. 풀꽃도, 농작물도 마찬가지다. 그래도 여태껏 아무런 지장 없이 살아왔는데, 올레길을 걸으며 궁금해졌다. 혼자 걷는 나를 향해 손을 흔들고 미소를 지어주며 때론 말을 건네려 하는 나무와 꽃은 특별히 기억하고 싶은데 이름을 몰라 가끔 무안해졌기 때문이다.

오늘 내 배낭 속에는 도시락이 있다. 처음으로 길에서 혼자 먹으려고 싸왔다. 삼달리를 지나 나오는 오름 사진작가 김영갑 갤러리에 도착하기 전에 밥을 먹고 싶었는데 아직 마땅한 자리를 찾지 못했다. 올레길을 걸어보니 식당이 드물었다. 게다가 배가 고플 무렵엔 도시나 마을에서 멀어져 자연 속을 걷고 있을 때가 많았다. 걷기와 자연에 빠져 배고픈 걸 잊고 온종일 굶은 채 걷다 보면 코스 막바지에선 피로에 허기까지 더해져 쓰러질 것만 같았다. 그래서 생각해 낸 것이 도시락이다.

다행히 삼달리 마을에서 넓은 평상을 발견했다. 햇빛이 적당하고 평상 앞에는 작은 연못이 있었다. 두리번거리며 주위를 둘러 봐 아무도 없는 것을 확인하고 배낭을 내려놓고 도시락을 꺼냈다. 메뉴는 당근과 양파, 햄을 넣어 대충 만든 볶음밥이 전부다. 천천히 먹었는데도 도시락은 금세 비워졌다. 배는 부른데 괜히 아쉬운 걸 보면 걷기 여행 식사로는 도시락이 제격인가 보다.

이병률의 책《혼자가 혼자에게》에 도시락 예찬이 나온다.

> 슈퍼마켓에서 도시락이 놓여 있는 코너 앞을 한참 서성거린다. 이것저것 만지작거리다 필요하지 않다는 사실에 도시락을 내려놓지만 어느새 나는 다시 그 자리로 돌아가 도시락을 만지며 즐기고 있다. 이 재미없는 계절의 도시락이 어떤 음식으로 하여금 새로운 온도를 입게 될 것이라 상상하는 것만으로 배가 고프다. (중략) 특별한 날의 도시락에 그득그득 담고 싶은 것은 먹을 것만이 아니라 하고 싶은 말들일 것이며, 정

리되지 않은 알록달록한 감정일지도 모른다. (중략) 도시락 자체만으로도 어디든 무한대로 움직일 수 있다는 것. 그것이 도시락의 정체겠다.*

대형마트에 가면 꼭 도시락 코너 앞에서 서성거리며 작고 귀여운 도시락 통을 들었다 놨다 하면서 그것들이 펼쳐질 장소를 상상한다. 꽃나무 그늘 아래 잔디밭. 그 풍경 속의 나는 혼자서 도시락을 먹지 않는다. 현실의 나는 도시락 먹을 일이 없이 살아왔다. 식당에 들어가 주문하면 바로 나오는 음식보다 도시락을 챙기는 시간이 더 짧은데도 도시락을 들고 여행을 떠난 적은 없었다. 바쁜 도시의 삶에는 도시락을 챙기고 펼칠 여유가 없다. 그때의 여행이란 일단 떠나 부족한 시간을 쪼개 움직이는 것이었기에 먹는 건 당연히 사서 해결했었다.

그럼에도 불구하고 나는 몇 종류의 도시락 통을 가지고 있다. 날이 좋은 날 조용한 장소를 지날 때면 그곳에 앉아 도시락을 먹는 나, 보온병에 내려온 커피를 마시며 천천히 책을 읽는 나를 상상한다. 지금처럼 낯선 마을의 아

---

* 이병률, 《혼자가 혼자에게》 (달 출판사, 2019), p.106~p.107

무도 없는 길, 조금은 생뚱맞은 길에서 혼자 도시락을 먹을 줄은 몰랐다. 누군가 볼까 봐 무안했지만, 그래도 맛있었다. 도시락은 '그 자체만으로도 어디든 무한대로 움직일 수' 있기 때문에 앞으로도 나는 올레길을 걸으며 언제 어디서든 마음 내키는 대로 도시락을 펼칠 수 있다. 도시락 코너를 서성거리며 상상하던, 오랜 내 로망이 실현되는 날이었다.

김영갑 갤러리 두모악 입구에 세워진 간세에서 중간 지점 스탬프를 찍었다. 제법 유명한 곳이라 사람들로 북적일 줄 알았는데 의외로 한적했다. 이렇게나 사람이 없다니. 아름다운 봄날, 이 좋은 길을 나만 걷고 있다니. 김영갑 갤러리는 가고 싶은 곳 중 하나였지만 아껴두었다가 올레길을 걷지 못하는 날 다시 찾아오려 한다. 나는 시간에 쫓기는 관광객이 아니니 급할 것이 없다.

신풍 신천 바다 목장으로 가는 길에 앞으로 남은 길이 5.5킬로미터라고 적힌 플레이트를 보았다. 해가 지기 전까지만 걷고 캄캄해지기 전에 집에 돌아가려 했다. 그러니 아직 세 시간이나 남았다, 고 생각했다. 하지만 어쩐 일인지 하늘에 뜬 달을 보고서야 종점에 도착할 수 있었다.

바다 목장은 처음 보았는데 규모가 어마어마했다. 갈기를 휘날리며 달리는 말을 볼 수는 없었지만 충분히 상상할 수 있었다. 파란 하늘과 바다, 드넓은 초원. 내가 말이라도 기분이 좋아서 힘차게 달릴 것 같다. 키 큰 야자수가 목장을 울타리처럼 둘러싸고 있어 이국적이었다. 제주에 처음 왔을 때도 그런 느낌을 받았다. 빌딩에 하늘이 가려진 도시에서 오래 산 나에게 제주는 다른 세상이었다. 어디서나 한라산이 보이고 바다가 펼쳐져 있다. 그 모든 풍경 위에는 언제나 하늘이 있다. 하늘이 예쁜 날은 세상 모든 것이 눈부시다. 낡고 오래된 건물도 하늘이 예쁜 날은 그림 속의 풍경처럼 보였다.

절벽에는 잎이 두터운 작은 나무들이 얼기설기 엉켜 자라고 있었다. 조심스레 만져보니 나뭇가지는 철사처럼 단단하고 이파리는 플라스틱처럼 딱딱했다. 몸을 단단하게 만든 나무들이 바닷바람을 꿋꿋하게 이겨내고 있었다.

바다 목장을 지나 해안도로를 걷는데 물고기로 가득 찬 양동이를 들고 가던 아저씨가 내게 말을 건넸다.

"혼자서 무슨 재미로 여행을 다녀? 친구 하나라도 데리고 다니지."

세 코스의 올레길을 걷는 동안 내게 말을 건넨 첫 사람이었다. 까무잡잡하고 불그스름한 얼굴, 덥수룩한 머리카락의 낚시꾼은 동네 사람인 듯 차림새가 간편했다. 혼자 여행하는 내가 안돼 보였던 걸까. 나는 미소를 지을 듯 말 듯하다 양동이 입구를 꽉 채우며 뻗어있는 물고기가 뭐냐고 물었다.

"광어."

나란히 걸으며 동네 낚시꾼이 답했다. 광어 아래 작은 물고기들은요?

"멸치."

손가락만 한 멸치들이 양동이에 가득했다. 멸치 크기도 놀라웠지만 멸치를 이렇게 많이 잡을 수 있다는 것도 신기했다. 이런 멸치는 어떻게 먹어요?

"조려 먹지. 조심해서 다녀."

커다란 멸치조림 맛은 어떨지 궁금해졌다.

갑자기 어둡고 좁은 소나무 숲길로 이어졌다. 이 마을의 유일한 숲이다. 마을 사람들이야 눈 감고도 다니는 동네 숲이겠지만 나는 순간 덜컥해 조심조심 두리번거리며 서둘러 숲을 빠져나왔다.

"안녕하세요."

열 살 남짓한 남자아이가 전봇대에 기대어 쭈그려 앉아 있다 벌떡 일어나 인사했다. 화들짝 놀란 나는 말을 얼버무리다 그대로 아이 곁을 지나가 버렸다. 몇 걸음 걷다 뒤돌아보니 아이는 뭔가를 발부리로 툭툭 차고 있었다. 심심해 보였다.

휴양지에서나 볼 법한 흰색의 산뜻한 건물이 나타났다. 카페였다. 아무도 없는 길을 줄곧 걸으며 오름을 오르고 바다 목장을 지나 캄캄한 숲에서 빠져나오자마자 문명의 카페가 나온 것이다. 문득 영화 〈바그다드 카페〉가 떠올랐다. 카페 앞 도로에 배를 깔고 누워있던 개가 나를 보자 슬그머니 일어나 느물느물 걸으며 나를 따라왔다. 차도를 제 집 마당처럼 가로지르더니 나를 바라보며 계속 쫓아왔다. 따라오지 마. 계속 오면 이 가스총으로 쏠 거야. 당연히 쏠 생각은 없었다. 짧은 다리에 뭉툭한 얼굴의 개는 전혀 위협적이지 않게 생겼다. 내 말을 알아들었는지 개는 그 자리에서 멈추더니 물끄러미 나를 바라보았다.

노인과 아이, 개를 만난 신천리 마을을 지나 드디어 종점이 있는 표선 해비치 해변에 이르렀다. 내가 본 해변

중 가장 긴 해변이었다. 설문대할망이 바다를 메워 이 해변의 백사장을 만들었다 한다. 한라산을 베개 삼고 성산을 빨래통으로 쓰는 설문대할망의 스케일이 제대로 펼쳐져 있었다. 제주 올레 가이드북에 이 해변을 지날 때는 밀물이면 둘러 가고 썰물이면 가로질러 가라고 적혀 있었다. 지금은 썰물 때였다. 맨발로 모래를 밟고 건너고 싶었지만 아직은 쌀쌀한 봄날 저녁이고, 온종일 길을 걸어 몹시 피로했기에 그냥 걷기로 했다.

발이 푹푹 빠지는 모래밭을 걸으니 다리가 점점 더 무거워졌다. 바다에서 시작되는 일몰이 한눈에 들어오는 저녁녘의 해변. 파도가 구불구불 깊은 결을 만들어 놓은 모래 위에 내 그림자가 길게 드리워졌다. 발걸음을 멈추고 금빛을 띤 그림자를 가만히 내려다 보았다.

나는 열네 살에 유괴를 당했었다. 낯선 이를 향한 나의 친절과 동정심이 배반당한 날이었다. 아니, 열네 살에겐 거금이었던 보상금 십만 원에 홀려 스스로 따라 나선 게 아닐까 오랫동안 자책했었다. 일몰 무렵이 다가오자 그때서야 뭔가 잘못되었다고 느꼈지만, 두려워서 그대로 끌려갔다. 그날 하늘은 조용하고 차분한 빛으로 물들어갔고, 나는 일몰 즈음의 세상이 그토록 아름답다는 것을 생애 처음 인식했다. 이 하늘이 어쩌면 내가 살아서 보는 마지막 하늘이 될지도 모른다는 생각을 하면서 겉으로는 태연한 척, 마음속으론 울면서 낯선 이를 따라 집에서 멀지 않은 낯선 동네를 걸어야 했다.

이렇게 오래 내 그림자를 바라본 적이 언제인지, 그보다 나에게도 그림자가 있다는 것이 새삼스럽게 어색했다. 차양이 있는 모자를 쓰고 배낭을 멘 기다란 팔과 다리를 가진 그림자는 길게 늘어져 바다를 향하고 있었다. 분명 나인데 내가 아닌 것 같았다. 알고 있던 내 모습이 아니었다. 마치 나를 가장 잘 알고 있는 내 안의 누군가가 잠시 바깥으로 나와 이 해변에 등장한 것처럼 보였다. 그림자는 내게 무슨 말을 건넸지만 나는 그 말을 알아듣지 못했다. 다만 그림자가 나를 어루만지며 위로해주고 있다는 것만은 알 수 있었다. 그림자의 손길은 따뜻하고 다정했다. 마음이 뭉클해진 채 뜨거워진 눈시울로 그림자를 바라보다 바다로 떨어지는 석양으로 눈을 돌렸다. 열네 살 그날의 하늘과는 비교할 수 없을 만큼 아름다운 석양이 바다를 물들이는 모습을 오랫동안 지켜보았다. 하늘에는 실구름과 손톱만 한 조각달이 떠 있었고 해변의 모래는 붉게 물들어가고 있었다.

그저 걸을 뿐

4코스

표선

|

남원

해변을 걷는데 단층짜리 작은 건물이 길을 막았다. 빨랫줄에는 돌고래 가죽 같은 미끄덩거리는 까만 잠수복이 널려 있었고 나이 든 해녀들이 마당에 모여 앉아 있었다. 어디로 가야 할지 우왕좌왕하는 나를 본 한 해녀가 웃으면서 말을 건넸다.

"올레길 가려고? 여기, 여기. 이쪽으로 가. 요 며칠 날이 궂어서 길이 안 좋아."

감사합니다. 몇 발짝 걷다 다시 돌아와 사진을 찍으려

하니,

"왜, 뭐 찍게?"

빨래요…….

"별 걸 다 찍네."

활짝 웃는 해녀 할머니. 유쾌한 분이다.

얇은 삼베 저고리에 당꼬 바지를 입고 물질하다 막 갯바위로 올라온 해녀들의 사진을 박물관에서 본 적이 있다. 실제로 물질하는 해녀를 본 적도 있다. 노란 테왁*이 둥둥 떠 있는, 얼음장처럼 차갑고 깊이를 가늠할 수 없는 시퍼런 바다 위로 머리를 내민 해녀가 큰 숨을 몰아 토해낼 때면 가느다란 휘파람 소리가 물결 위로 감기었다. 그 소리를 숨비소리라고 한다. 해녀는 다시 깊고 차가운 물속으로 자맥질해 들어갔다. 수면에는 오리발이 나타났다 금세 사라졌다.

어릴 때 나는 두 번이나 바다에 빠져 죽을 뻔했다. 처음은 외할머니 따라 맛조개를 캐다 물이 들어오는데도 갯

---

* 박의 씨 통을 파내고 구멍을 막아서 해녀들이 작업할 때 바다에 가지고 가서 타는 물건.

벌에 빨려 들어간 운동화를 구하려다 그랬고, 다른 한 번은 바닷가에 세워둔 낡은 배를 몰래 탔다가 떠내려가서였다. 밀물 때의 바다는 엄청난 속도로 소용돌이치며 순식간에 차올랐다. 운동화를 포기하고 나서야 살아날 수 있었다. 몰래 올라 탄 작고 낡은 배가 설마 움직일 줄은 몰랐다. 너무 빠르게 떠내려가 깜짝 놀랐다. 눈 깜박할 사이에 동네 바다를 벗어나려는데 마침 해변에 있던 누군가가 구해주었다. 구출 당시의 기억은 가물가물하다. 바다는 무섭다는 것만 마음속에 분명하게 각인되었다.

바다의 무서움을 알기 때문도 있지만, 파도치는 바다의 깊고 차가운 속에서 물질하는 해녀를 볼 때 마음이 편치 않은 이유가 또 있다. 별다른 장비 없이 물안경과 잠수복을 착용하고 빗장과 테왁, 망사리를 들고 전복과 소라를 채취하는 제주 해녀는 점점 줄어들고 있다. 그나마도 60대 이상이 전체의 85퍼센트를 차지할 만큼 고령자가 대부분이다. 제주 해녀 문화는 2016년에 유네스코 인류무형문화유산에 등재될 정도로 그 가치를 인정받았다. 하지만 이대로라면 얼마나 명맥을 이어갈 수 있을까.

해녀는 생계 수단을 이어가는 직업만은 아니다. 나는 해녀를 가까이 다가갈 수 없는 어려운 존재로 인식하고 있었는데, 제주 해녀가 곧 '제주의 어머니'를 표상한다는 것을 알고 다시 생각하게 되었다. 여성의 몸으로 바다에 몸을 맡기는 삶은 어떤 삶인지 짐작도 되지 않지만, 어머니로서의 해녀는 생각하니 그 의미가 다르게 다가온 것이다.

관광지나 식당에서 전복과 소라를 파는 해녀 외에 내게 말을 건넨 해녀는 이번 걷기 여행에서 마주친 가마리 해녀 탈의장의 할머니가 처음이었다. 지나가는 여행자에게 관심을 보내주고 수더분하게 말을 건네던 해녀들은 여느 시골 마을 할머니들과 다를 바 없었다. 길의 시작부터 유쾌하고 친절한 해녀들을 만나 발걸음이 가벼워졌다.

어쩌다 사람을 만나도 그저 걷기만 했던 나는 해녀의 작은 친절에 따뜻한 기운을 느꼈다. 누군가에게는 스쳐 지나갈 뿐인 작은 만남이 왜 크게 다가왔을까. 스쳐 지나는 만남이라도, 잠시 말이 오간 짧은 시간이라도 오래전부터 예정되어 있던 인연이어서 그런 게 아니었을까.

올레길 4코스는 전체 코스 중 가장 길고 지루한 길이

란다. 후기를 보니 완주에 목적을 두고 무작정 걸었다 한다. 긴 거리에 비해 볼 거리가 적으니 9킬로미터만 걷고 다음 코스로 넘어가는 것도 방법이란다. 그러면 하루에 두 코스를 걸을 수 있다는데, 대체 그런 걷기가 무슨 의미가 있을까. 애초에 완주가 목적이었다면 애저녁에 올레길을 포기했을 것이다. 425킬로미터를 걷는다? 지금은 그런 거창한 목표는 세우고 싶지 않다. 그저 걸을 뿐이다. 걷기 싫으면 언제든 멈출 생각이다. 나는 대체로 하고 싶은 일이 있으면 하고 하기 싫은 일은 하지 않는다. 하고 싶지 않은 일을 해야만 하는 상황에 체념하거나 순응하는 타입이 아니다.

지금까지 평균 2년에 한 번씩 삶의 터전을 옮겨 다니며 살아왔다. 돌 무렵에 동생이 태어나 다섯 살까지 외가에서 컸다. 그 사실을 최근에 알았다. 외가 동네와 식구들에 대한 기억은 많은데 부모님과 동생에 대한 기억은 왜 없는지 이상하다고만 생각했다. 어떤 사고로 기억을 잃은 것은 아닐까 하는 생각도 했다.

초등학교 때는 2년에 한 번씩 전학을 했다. 부모님은 서울 변두리를 크게 벗어나지도 못하면서 여기서 저기로,

저기서 여기로 좀 더 나은 집을 찾아 옮겨 다녔다. 이사를 할 때마다 엄마는 내가 모은 만화책과 인형 들을 눈 깜짝 않고 버렸다. 그래서 나에게 유년 시절은 엄마로부터 내 것을 감추느라 불안했던 날들로 기억된다. 나의 존재를 증명하느라 안달하고, 관계를 쌓느라 전전긍긍하는 삶이 2년마다 반복되었다. 피로했다. 아주 멀리 떠나고 싶었다.

해녀 동상과 유채밭을 지나 미역을 말리고 있는 해안도로를 걸었다. 짭조름한 냄새가 바닷바람에 섞여 날아왔다. 갯바위에는 낚시꾼들이 많았다. 지난 번까지는 사람 보기가 어려웠는데 4코스는 초행부터 사람들이 눈에 띈다. 한 코스만 걷고 끝날 줄 알았던 올레길 걷기가 어느새 네 코스째로 접어들었다. 길은 얼마든지 남아 있지만 언제까지 걸을 수 있을지는 모르겠다.

앞에서도 말했듯 나는 어떤 계획이나 목적을 가지고 올레길을 걷는 것이 아니다. 굳이 말하자면 '걸을 수 있을 때까지 걷자'가 유일한 계획이랄까. 3코스에서 만난 신천리 마을의 멸치잡이 낚시꾼은 심심해서 혼자 어떻게 걷느냐고 이상하다는 듯 물었다. 나도 그럴 줄 알았다. 하루 평균 15킬로미터의 길을 혼자 무슨 재미로 걸은 걸까. 아무 생각 없이 그저 걸을 때도 있었다. 어떻게 그리 오랜 시간 아무 생각도 하지 않을 수 있었을까. 걷다 정신을 차리면 나의 나약한 두 발이 이동한 거리에 놀라곤 했다. 오름 정상에서 보았던, 까마득히 멀리 있던 그 길에 도달했다는 것이 경이로웠다.

나는 혼자서, 천천히 혹은 빠르게 걸을 수 있게 되었고 언제든 멈추거나 머무를 수도, 길에서 먹고 마실 수도 있게 되었다. 온종일 혼자 걷는 동안 감각은 예민하고 섬세해졌다. 처음 여행하는 사람처럼, 처음 걷는 사람처럼, 지구에 처음 내려온 사람처럼 보고 듣고 만지고 냄새 맡는다. 길에서 보는 모든 것들이 흥미롭고 새롭다. 혼자 여행을 하면 별 게 다 궁금해진다. 혼자 질문하고 답을 내리기 위해 끝없이 상상한다.

바닷가 풀밭에서 도시락을 먹었다. 나무로 가려져 도로를 지나가는 차량이나 사람이 나를 볼 수 없는 자리였다. 오늘은 볶음밥에 계란프라이를 얹었다. 소박한 음식을 천천히 먹으며 바다를 보았다. 여전히 길에서 밥 먹는 나를 누군가 볼까 봐 두리번거린다. 아직은 그렇다. 선선한 바람이 불고 낮게 깔린 구름이 물결 위로 그림자를 드리웠다.

4코스의 해안도로는 길었다. 흐린 하늘 아래 바다는 짙은 납빛으로 출렁거렸다. 해안에는 울퉁불퉁하고 구멍 숭숭 뚫린 새까만 돌이 끝없이 펼쳐져 있었다. 화가 난 신이 해변에 돌팔매질이라도 한 것 같은, 세기말적인 풍경이었다. 바닷가로 내려가 돌밭을 걷다 돌부리에 발이 걸려 비틀거렸다. 새로 산 운동화는 벌써 앞이 까져서 이리저리 빗금이 쳐졌다.

길은 보랏빛 갯무꽃이 바람에 오슬오슬 떨고 있는 해안가에서 망오름으로 이어졌다. 망오름은 긴 오르막이 있었지만 길에 푹신한 짚이 깔려 발이 편했다. 꽃이 많고 울창한 숲 오름이었다. 오름 오르기가 그다지 힘들지 않은 걸 보면 내 체력도 조금은 늘었나 보다.

좁은 외길에 갑자기 사람이 나타났다. 깜짝 놀라 그 자리에 멈췄다. 상대는 사십 대 남성으로, 마른 체구에 품이 헐렁한 점퍼를 입고 있었다. 남자도 나를 보고 당황했는지 나와 시선을 맞추지 않으려고 이리저리 고개를 돌렸다. 그의 점퍼 주머니에서 삐죽 나온 종이 묶음에 '올레 여행'이라 적힌 걸 보고 안심했다. 네 개의 코스를 걸어오는 동안 길에서 만난 첫 올레꾼인데 남자는 나만큼 숫기가 없는 것인지 인사는커녕 나보다 당황한 눈치였다. 몸을 낮춰 야생화를 보는 척하는 남자 옆을 서둘러 지나갔다.

나를 보고 그토록 놀라는 남자는 처음 보았다. 깊은 숲에 긴 머리의 여자가 갑자기 나타나 놀란 것일까. 남자들도 혼자 걷는 건 무서운가 보다. 조금 우습기도 했다. 어깨를 으쓱하고 씩씩하게 다시 걸었다. 그 후로도 남자와 나는 앞서거니 뒤서거니 하게 되었는데, 우리는 서로 안 보이는 척하며 정상까지 올랐다.

전망대에 올라 오름 군락을 넋 놓고 보는데 빗방울이 툭, 떨어졌다. 배낭 밑바닥에 있던 우비를 꺼내 입었다. 제주 날씨는 변화무쌍하여 걷기 여행자에게 우비는 필수라 해서 챙겨놓았었다. 남자는 두리번거리며 풀꽃과 나무를 보다가 수첩에 뭔가를 적기도 하는 등 분주해 보였지만 어딘지 허둥대는 동작이었다. 그 와중에도 내가 있는 전망대로는 가까이 오지 않았다. 나보다 나이 많은 남자가 나를 무서워한다는 것이 이상하면서도 어쩐지 승리감이 느껴졌다.

지금 생각해 보면 남자는 나를 무서워한 것이 아니라 좁은 숲길에서 크게 놀란 나를 배려해주기 위해 일부러 다가오지 않았던 것 같다. 열네 살 그날 이후로 나에게 삼십 대 이상의 남자는 전부 '아저씨'였고 사람이 없는 장소에서는 무조건 조심하고 피해야 할 대상이었기에, 그날 묘한 쾌감과 승리를 느끼게 해준 그에게 감사하다. 그가 만일 이 글을 읽는다면 웃을 일이겠지만.

망오름을 내려가니 어두컴컴한 숲에 샘이 있었다. 끈끈하고 걸쭉한 물은 마른 나뭇잎으로 덮여 마치 죽은 나무가 샘이 된 것처럼 보였다. 이 샘은 한라산을 향해 물이 거슬러 올라가는 샘으로 '거슨새미'라고 불린다. 깊은 숲 속 맑은 옹달샘을 기대했는데 작은 늪에 가까워서 조금 아쉬웠다.

절반 넘게 걸었으니 이제 10킬로미터 남았다. 아직까지는 피로하거나 지루하지 않다. 비는 타닥타닥 조심스럽게 내리고 있었고, 배낭까지 덮이는 커다란 우비 덕에 젖지 않고 걸을 수 있었다.

거슨새미는 노단새미*와 이어졌다. 노단새미 뒤에 위치한 붉은색과 황금색이 칠해진 아담한 절 영천사의 짙은 암녹색 연못 위로 작은 구름다리가 걸쳐져 있었다. 옛 그림 속 극락으로 가는 길처럼 보였다. 구름다리에 올랐더니 잉어들이 내 쪽으로 스르르 몰려왔다. 물결 위에 일렁이는 색색의 꽃송이 같았다. 사람은 보이지 않았다. 망오름에서 만난 남자는 어디로 갔을까. 비가 와서 걷기를 멈추고 돌아갔을까.

비가 점점 더 많이 내리기 시작했다. 지나가는 차량도 드문드문했다. 비 내리는 잿빛 하늘 아래서 바닷가의 까만 돌은 스산하고 위협적으로 보였지만 동시에 쓸쓸해 보이기도 했다. 이어폰을 귀에 꽂고 음악을 들으며 걸었다. 영화 〈비긴 어게인〉 OST인 〈Coming Up Roses〉. 밝고 경쾌한 음악은 기분 전환이 되어주었다. 그런 줄 알았는데, 느닷없이 눈물 한 방울이 뚝 떨어졌다. 뭐지.

나는 대체 왜 이 길을 걷고 있을까. 비 내리는 흐린 오

---

* '노단'은 '제대로 된 방향'을 뜻하는 제주어. 거슨새미와 반대로 물이 바다를 향해 흘러 붙여진 이름.

후에 왜 혼자 여기에 있는 것일까. 어쩌다 육지에서 멀리 떨어진 섬에 살게 되었을까. 어쩌다 끝없이 삶의 터전을 옮기며 살아야 했을까. 제주는 내가 정착할 땅일까. 여기서는 더 이상 떠나지 않아도 되는 것일까.

길고 긴 해안도로는 돌밭으로 이어지다 갯늪을 지나 마을로 들어갔다. 그리고 또다시 해안도로, 돌길, 마을이 반복되었다. 길은 끝나지 않을 것 같았고 더 이상 머릿속에선 아무 생각도 떠오르지 않았다. 그저 걷고 또 걸었다. 쉼터를 만나도 빗물이 고여 앉을 수가 없어 그냥 지나쳤다. 끝없는 길 위에는 무채색 풍경 속에 푸른 기가 도는 까만 돌만 있을 뿐이었다.

멀리 한라산이 보이는가 싶더니 종점에 도착했다. 드디어 길이 끝났다. 날이 저물고 있었다. 어쩐지 간세가 나를 기다리고 있었던 것만 같았다. 우비를 벗어 간세에게 씌워주었다.

그 순간 깨달았다. 나는 그저 걷기를 원했다는 것을. 아무 생각 없이, 아무런 걱정 없이 그저 걷기만 하면 되는 시간을 원했던 것이다.

자의든 타의든 수없이 많은 곳에서 살고 떠나는 삶을 반복해왔다. 언제나 새로운 곳에서 새로운 사람들 속에 잘 섞이길 바라며 내가 할 수 있는 최선을 다했다. 그것이 내 삶에 대한 도리고 다른 사람에 대한 예의라 생각했다.

내가 원해서 제주에 왔는지 제주가 원해서 오게 된 것인지 지금은 알 수 없다. 오늘은 온종일 빗속을 걸었고, 나는 아주 오랫동안 걷고 싶었다는 것을 알았을 뿐이다. 문득 혼자 있고 싶어도 혼자 있을 수 없었던 지난날의 내가 떠올랐다.

《달과 6펜스》는 화가 고갱의 삶과 예술이 서머싯 몸에 의해 문학으로 재탄생된 작품으로, 원하는 것을 하기 위해 세상 밖으로 나가 살고 싶은 곳을 스스로 선택한 찰스 스트릭랜드의 이야기이다. 찰스 스트릭랜드는 런던의 주식 중개인이자 중산층 가정의 가장이었다. 어느 누가 봐도 그는 남편으로서, 아버지로서, 사회인으로서 '정상적인' 사람이었다. 그와 그의 가족은 풍부한 인간관계와 문화생활을 누리는 등 사회적으로도 경제적으로도 풍요로웠다. 부부 관계는 순탄했고, 아이들도 수준 높은 교육을

받으며 잘 자라고 있었다.

찰스 스트릭랜드는 어느 날 갑자기 집을 나간다. 17년 동안 함께 산 아내에게 이혼을 통보하고 그동안 쌓아온 사회적 지위와 인간관계를 모두 내버린 채. 당연하게도 사회의 시선은 스트릭랜드에게 냉담했다. 사십. 불혹의 나이에 그는 그림을 그리고 싶어서 집을 나갔다. 그가 선택한 곳은 타히티였다.

> 나는 이런 생각이 든다. 어떤 사람들은 자기가 태어날 곳이 아닌 데서 태어나기도 한다고. 그런 사람들은 비록 우연에 의해 엉뚱한 환경에 던져지긴 하였지만 늘 어딘지 모를 고향에 대한 그리움을 가지고 산다. 태어난 곳에서도 마냥 낯선 곳에 온 사람처럼 살고, 어린 시절부터 늘 다녔던 나무 우거진 샛길도, 어린 시절 뛰어 놀았던 바글대는 길거리도 한갓 지나가는 장소에 지나지 않는다. 어쩌면 가족들 사이에서 평생을 이방인처럼 살고, 살아오면서 유일하게 보아온 주변 풍경에도 늘 서먹서먹한 기분을 느끼며 지낼지 모른다. 낯선 곳에 있다는 느낌, 바로 그러한 느낌 때문에 그들은 사랑을 느낄 수 있는 뭔가 영원한 것을 찾아 멀리 사방을 헤매는 것이 아닐까.

또는 격세유전隔世遺傳으로 내려온 어떤 뿌리 깊은 본능이 이 방랑자를 자꾸 충동질하여 그네의 조상이 역사의 저 희미한 여명기에 떠났던 그 땅으로 다시 돌아가게 하는 것일까. 그러다가 때로 어떤 사람은 정말 신비스럽게도 바로 여기가 내가 살 곳이라 느껴지는 장소를 우연히 발견하기도 한다. 그곳이 바로 그처럼 애타게 찾아 헤맸던 고향인 것이다. 그리하여 그는 여태껏 한 번도 보지 못한 풍경, 여태껏 한 번도 보지 못한 사람들 사이에, 그들이 죄다 태어날 때부터 낯익었던 풍경과 사람들이었던 것처럼 정착하고 만다. 마침내 그는 이곳에서 휴식을 발견하는 것이다.*

나에게는 고향이 없다. 태어난 서울도, 아버지의 본적도, 외가도 고향은 아니다. 모두 언젠가 떠나야 하는 장소에 불과했기에 나는 어디에서든 이방인처럼 살았다. 그래서 한동네에서 붙박이처럼 살아가는 삶을 원했다. 매일 걷는 길, 해마다 자라는 나무, 달라지는 거리, 오가는 사람들, 동네 구석구석 내 발길이, 내 눈길이 머물지 않는 곳이 없는 그런 곳에서 오래오래 살기를 원했다.

* 서머싯 몸, 《달과 6펜스》(민음사, 2000), p.253 ~ p.254

어떤 땅은 스스로 사람을 선택하여 그가 오기를 오랫동안 기다린다고 한다. 그 땅이 영혼의 휴식을 취할 수 있는 고향이라면 나도 스트릭랜드처럼 나만의 타히티를 찾아야겠다고, 막연하게나마 그런 마음을 오랫동안 품고 살았는지도 모르겠다.

오늘, 비를 맞으며 아무 생각 없이 긴 길을 오로지 걷기만 하면 되었던 순수한 시간 속에서 나는 내 안의 나, 나도 몰랐던 나를 잠시 만날 수 있었다. 지금까지 고향이 없고 평생 떠나야 하는 삶을 되돌아본 적 없이, 내가 뭘 원하는지 알지 못한 채 하루하루 달리던 지난날의 나를 두고 최선을 다하며 열심히 살아왔다고 생각했다. 그러면서도 그런 삶에 만족하지 못해 여기에 있으면서도 다른 곳을 원하고, 그곳이 어딘지도 몰랐으면서 헤매었다. 진짜로 원하는 것이 뭔지도 모른 채 열심히 살았다고 생각하다니.

비바람에 날리는 젖은 머리를 풀어헤치고 커다란 우비를 걸쳐 입은 채 타박타박, 그저 걸었다. 마침내 종점에 도착해 젖은 우비를 간세에게 씌워주며 여기까지 걸어올 수 있어 다행이란 생각을 했을 때, 나는 걷기 위해 제주에 온 것일지도 모르겠다는 생각을 했다.

싫어하지만 미워하지 않고
좋아하지만 사랑하지 않는

5코스

남원

|

쇠소깍

두 사람 몫의 여행 준비를 했다. 5백 밀리리터짜리 생수를 두 병 챙기고, 도시락도 두 개 준비했다. 가스총과 안전지킴이 단말기는 집에 두고 가도 된다. 오늘은 혼자 걷지 않는다.

제주로 이주한 지 한 달 보름이 넘었다. 아무 연고도 없는 제주, 여행으로 딱 두 번 와 봤던 제주, 나고 자란 서울을 기준으로 지금까지 산 곳 중 가장 먼 제주에서 일상을 살고 있다. 장을 보고, 밥을 해 먹고, 빨래와 청소를 하고, 버스를 타고, 관공서에서 서류를 떼고, TV를 보고 맥주를 마셨다. 육지에서의 일상과 달라진 건 없다. 여기가 제주라는 것과 내게 아직 직업이 없다는 것을 제외하면. J는 제주에서의 삶의 터전을 만들기 위해 내 몫까지 일하고 있다. 나는 왜 아직 느긋한 걸까. 이렇게 아무 생각 없이 살기도 처음이다.

제주에 도착한 첫날, 우리는 이삿짐 따위 내버려 두고 동문시장까지 걸어가 홍해삼과 회를 사와 밤새 웃고 떠들며 먹고 마셨다. 성시경의 〈제주도의 푸른 밤〉, 제주에서 살기로 마음먹은 그날부터 매일 들었던 그 노래는 밤새 끊임없이 재생되며 우리의 제주살이를 축하해 주었다. 우리는 제주에서 살자고 마음먹은 지 넉 달 만에 정말로 제주도의 푸른 밤 아래서 잠을 잘 수 있게 된 것을 대단한 성공을 이룬 듯 마냥 기뻐했다.

그날 밤 J는 술기운에 취해, "앞으로 10년 줄 테니 글 써 봐. 글 못 써서 억울하다며 맨날 울었잖아. 원 없이 써 봐. 대신 딱 10년이야"라며 객기를 부렸다. 빈말을 하지 않는 J니까 괜히 하는 말은 아니란 걸 알면서도 믿지 않았다. 믿으면 안 될 거라 생각했다. 10년? 언제나 오늘에 사는 내게 10년은 가늠조차 되지 않는 막연한, 너무 먼 시간이었다. 10년 후에 나는 어떤 삶을 살고 있을까. 역시 상상이 잘 가지 않는다.

"그런데 어쩌다 걷게 된 거야? 안 힘들어?"

나도 모르겠어. 지금은 그냥 걷고 싶어.

"다 걷고 나서 글 쓸 거야?"

모르겠어. 내가 뭘 하고 싶은지, 뭘 할 수 있는지. 어쨌든 육지에서처럼은 살고 싶지 않아.

"그럼 그냥 일단 걸어 봐. 항상 조심하고, 나한테 자주 전화하고. 무서운 데는 혼자 가지 말고 같이 가."

J는 당연히 자가용을 타고 갈 줄 알았는데 버스를 타고 가자니 놀란 눈치였다. 나만큼이나 버스 타고 떠나는 여행을 해본 적이 없어서 그런가 보다. 버스는 창이 크잖아. 큰 창으로 보는 세상은 새롭게 느껴져. 작은 마을까지 엿볼 수도 있고. 차 타고 가면 둘 중 하나는 운전하느라 바깥 경치를 볼 수 없잖아. 버스 타면 둘 다 즐길 수 있어. 내가 눈을 빛내며 버스 여행의 좋은 점을 늘어놓으니 J는 그러자고 했다. 오랜만의 여행에 J도 들떠 있었다.

5코스 시작 지점인 남원 포구에 도착했다. 종일 비가

내리던 어제와 달리 오늘은 화창하다 못해 덥기까지 했다. 어제와는 모든 게 달랐다. 어제는 비 내리는 길을 여행인지 고행인지 모를 분위기에 젖어 걸었는데 오늘은 밝고 경쾌한 날씨 아래서, 즐거운 대화 속에서 J와 함께 걷는다.

남원 포구 구름다리를 건너는 것이 여행길의 시작이다. J가 앞서 걸었다. 올레길에 J가 있는 것이 이상해서 나는 잠시 멈춰 J의 뒷모습을 바라보았다. 몇 발짝 떨어진 거리에서 J를 보니 내가 누구보다 잘 안다고 생각하던 J가 맞나, 싶었다. 파란 하늘 아래 파란 배낭을 짊어지고 구름다리를 건너는 J의 뒷모습이 낯설었다. J는 한가롭고 느긋하게, 원래 그곳에 있었던 것처럼 서 있었다. 그게 좋아서 한동안 J에게서 몇 걸음쯤 떨어져 걸었다.

해안가 절벽 아래 뚫린 커다란 굴, 남원 큰엉*에 도착했다. 거센 파도가 거품을 물고 달려와 벼랑에 부딪쳐 부서지고 깨지는 일을 끊임없이 반복하고 있었다. 캄캄한 큰엉 안에는 바위와 돌 들이 이리저리 뒹굴고 있었다. 황량하고 스산한 저 안쪽에 짐승 한 마리가 살고 있을 것만 같아 오래 바라볼 수가 없었다. 그런 아찔한 벼랑 끝에서 누

* 바닷가나 절벽에 뚫린 바위 그늘이란 뜻의 제주어.

군가 낚시를 하고 있었다. 서 있는 것만으로도 오금이 저릴 것 같은데 파도가 일으키는 물소나기를 맞으며 낚시를 하는 사람이 서너 명이나 되었다.

"부럽다."

J는 아까부터 대자연보다 낚시꾼에게 관심이 더 많다. 요즘 낚시가 새로운 취미가 되었기 때문이다. 바다로 둘러싸인 섬으로 이사 왔으니 낚시쯤은 해야 하지 않겠느냐고 호언장담했지만, 초보 낚시꾼에게 잡힐 물고기는 없으니 조과는 맨날 꽝이다. 낚시는 세월을 낚는 거라고 누가 그랬나. J의 옆에서 지켜본 낚시는 잠시도 쉴 틈 없이 낚싯대를 던지고 걷어 올리고 미끼를 끼우고, 또다시 던지고 올리고 끼우고의 반복이었다. 한 시간이고 두 시간이고 그 동작들이 반복될 뿐이어서 바다를 보다가 J를 보다가 책을 읽던 나는 어느 날부터 그림을 그리기 시작했다. 스케치북 한가득 파란 물감을 풀어놓고 바다를 그렸다고 팔짝팔짝 뛰며 박수 치는 내게 J는 잘 그렸다며 환하게 웃어주었다. 그날 나는 처음으로 그림을 그렸고, '어반 스케치'의 험난한(?) 역사가 시작되었다.

우리는 각자 하고 싶은 걸 하면서 언제나 함께했다.

걷기를 제외하면. J는 걷기를 좋아하지 않는다. 자기 체형이 걷기에 특화되지 않았다나. J는 올해 서른네 살의 격투기 관장이다. 육지에 살 때는 검도 도장을 운영했었다. 일 년 열두 달 운동이라곤 특별히 하지 않는 나는 걷기에 특화된 체형이란 게 있다는 얘기는 금시초문이지만, J가 잘 못 걷는 사람인 것만은 알고 있다. 어째서 툭하면 돌부리에 발이 걸리는 걸까. 본인은 평발이라서 오래 걷지 못한다는데, 뻗정다리에 팔자걸음이란 건 알겠다.

내가 운동을 하지 않듯 J는 책을 전혀 읽지 않는다. 오히려 어떻게 그렇게 하루 종일 책상에 앉아서 꼼지락거릴 수 있느냐며 내가 신기하다고 한다.

코로나19 때문에 J의 체육관이 사회적 거리 두기 지침에 따라 몇 주간 휴관을 하게 되었다. J는 심각하게 앞날을 걱정하며 이런 저런 고민을 이야기했는데, J의 얘기를 한참 듣다 나는 이렇게 대답했다.

그래서 우리는 자연을 지키고 보호해야 해.

"뭔 소리야? 경제 얘기하는데 뜬금없이 자연이 왜 나와?"

이렇게 우리는 각자 다른 세계를 이야기하고, 대화는

마주보는 방향으로 흘러 섞이지 못한다. 그런데도 뭐가 재밌는지 수다를 떨다 자주 밤을 꼬박 새운다. 우리는 우주의 끝과 끝에서 만난 두 개의 이상한 별이다. 하나의 우주를 만들기 위해 공전하기로 약속한, 사랑하는 동행이자 각자 열심히 자전하는 생명체다.

큰엉 산책로를 나란히 걸었다. 제주는 아열대 북방 한계선에 위치해 있어 희귀하고 다양한 식물이 서식하는데, 이곳 산책로는 길을 사이에 두고 아열대에 서식하는 나무들이 서로를 향해 가지를 뻗어 아치형 그늘을 만들어놓았다. 기암괴석의 절벽이 2백여 미터 수직강하하는 바닷벼랑길로, 길 끝에는 눈부신 햇살이 내리쬐는 빛의 통로가 기다리고 있다. 어둠에서 빛으로 나아가는 아치형 나무그늘을 나는 언제나 좋아한다.

길 위에 서 있는 빨간 우체통이 눈에 띄었다. 정자가 있어 쉬어가는 김에 뭔가 끄적여 넣어보고 싶었는데 혼자가 아니라서 그대로 지나쳐 중간 지점인 곤내골 정자에서 발걸음을 멈췄다. 제주 올레 패스포트에 스탬프를 찍은 후 그늘이 시원하고 주위도 조용해서 도시락을 먹고 가기로 했다. 메뉴는 평소와 같은 볶음밥이었지만 J와 함께 먹는 도시락이니 특별히 표고버섯을 송송 썰어 넣은 계란말이를 추가했다. 사실 계란말이, 구운 비엔나소시지, 동그랑땡 외에 내가 할 줄 아는 도시락 반찬이 별로 없긴 하다. 아직 배고프지 않다면서도 J는 그 많은 밥을 다 먹었다.

밥을 먹고 있는데 승용차 한 대가 멈추더니 남자가 급하게 내렸다. 몇 권의 제주 올레 패스포트를 쥔 그는 간세 머리를 들어 올리더니 정신없이 패스포트에 스탬프를 찍은 후 뒤도 안 돌아보고 다시 차에 올라타 가 버렸다.

"신종 알바 같은데. 왜, 그거 있잖아. 취업을 위한 스펙 쌓기로 국토 종단을 하는 것처럼 올레길 걷기도 그런 거겠지."

막 수저를 내려놓은 J가 말했다. 설마. 그런 얍삽한 청춘이 있으려고. 내 생각은 달라. 올레길을 걸었는데 어쩌다 보니 이곳 스탬프를 못 찍어서 지나는 길에 들른 게 아닐까.

"패스포트를 여러 개 가지고 있었던 이유는?"

여럿이 함께 걸었겠지. 올레길 걷기가 스펙이 될까? 자연과 걷기를 좋아하는 사람 중 시간과 체력이 되는 사람이라면 누구든지 올레길을 걸을 수 있잖아. 걷고 싶어도 못 걷는 사람에게 미안할 일이고 걸을 수 있는 것에 감사할 일이지 자랑은 아닌 것 같은데. 뭐, 이런 사람도 있고 저런 사람도 있으니까. 자기는 괜찮아? 계속 걸을 수 있지? 길은 아직 10여 킬로미터가 남아 있었다.

"그럼. 밥 많이 먹었더니 날아다닐 수도 있을 것 같아."

천천히 걷다 보니 카페가 보였다. 커피 한 잔 마시며 쉬었다 가고 싶었는데 걷기에 흥이 난 J가 그냥 가자 한다. 사실 J는 카페를 부담스러워 한다. 내가 J의 세계에 속한 사람들과의 만남을 부담스러워 하는 것처럼.

싫어하는 걸 참는 스타일이 못 되는 내 까칠한 성격을 이해해주는 유일한 사람이 J다. 정확히는 내키지 않는 것을 억지로 티 내지 않으려 하지 않아도 되는 유일한 사람이 J라는 것이 맞겠다. 그래서 나도 J가 싫어하는 것들을 이해해준다. 나는 J가 싫어하면 카페에 들어가지 않고, J는 내가 싫어하면 만남을 주선하지 않는다.

사람들은 왜 싫다는 걸 이해시키려 하고 좋아하는 걸 이상하다고 할까. 싫어하지만 미워하는 것은 아니고, 좋아하지만 사랑하는 것은 아니라는 것을 왜 모를까. 나는 밀가루 떡볶이와 잡채 순대를 좋아하지만 그것들을 사랑하는 것은 아니다. 지나가는 여행자에게 무례하게 컹컹 짖는 개를 싫어하지만 미워하지는 않는다.

"냉장고다!"

울퉁불퉁한 돌밭이 깔린 해안으로 들어섰다. 기슭에 녹이 슬고 찌그러진 냉장고가 문짝이 떨어진 채 버려져 있었다. 스릴 있고 익사이팅한 해안 돌밭길이 나는 재미있는데 J는 어김없이 돌에 발부리를 부딪쳐 슬랩스틱 코미디를 하는 것처럼 넘어질 뻔하고 기우뚱거리며 걸었다.

"여기까지 와서 냉장고를 버리고 갈 정도면 힘이 대단한데."

J의 생각은 일단 힘으로 연결된다. 파도에 휩쓸려 왔겠지. 문짝이 없는 걸 보면 누군가 냉장고를 타고 표류해 온 걸까.

"뭔 소리야?"

올레길 2코스에 혼인지 마을이 있는데, 그곳에 벽랑국 공주들이 목함을 타고 떠내려와서 3신인과 결혼했거든. J는 내가 이야기해주는 제주 건국 신화를 흥미롭게 듣다 상상을 보태 이야기를 꾸며냈다.

지금은 걸으면서지만 오랜 시간 차를 타고 여행을 할 때 우리는 많은 대화를 나눈다. 이야깃거리가 떨어질 정도로 긴 장거리 여행을 할 때는 내가 읽은 단편소설들의 줄거리를 이야기해주곤 했는데, J는 상당히 재밌어 했다.

직접 읽으면 더 재밌을 텐데?

"소설을 어떻게 읽냐."

나도 액션 영화는 절대 못 봐.

조배머들코지*라는 독특한 이름의 기암괴석이 있는 연못가를 걸었다. 옛날에는 조배머들코지의 규모가 지금보다 컸는데 일제 때 한라산의 정기를 끊으려는 일본인의 꼬임에 넘어간 마을 사람이 조배머들코지를 파괴했다고 한다. 그 후로 마을에서 특출한 인물이 배출되지 못하자 마을 사람들이 힘을 합쳐 깨진 바위 일부를 복원한 것이 지금의 모습이라고 한다. 한눈에 봐도 보통 바위가 아닌 기암괴석이 생뚱맞게 마을 한가운데 서 있었다. 괴석

---

* 조배는 구실잣밤나무, 머들은 돌 동산, 코지는 바닷가 쪽으로 튀어나온 땅이라는 뜻의 제주어.

주위에는 관목을 심고 연못을 만들어 정성스레 꾸며 놓았다. 그 후로 이 마을에 특출한 인물이 나왔을지 궁금했는데 아쉽게도 그에 대한 설명은 볼 수 없었다.

위미리에는 바다를 마주한 도로가에 영화 〈건축학개론〉에 나온 '서연의 집'이 있다. 영화 촬영 후 카페로 개조해 관광객들이 들르기 좋게 해놓았다. 지금까지 올레길을 걷는 동안 가장 많은 사람을 이곳에서 만났다. 영화에서 본 서연의 집은 아름다웠다. 여주인공 한가인이 지붕을 걷는 장면이 인상적이었다. 푸른 하늘을 배경으로 파도가 넘실대는 바다, 까만 돌밭이 보이는 커다란 창과 걸을 수 있는 평평한 지붕. 하지만 실제로 본 카페 서연의 집은 영화만큼 근사하지 않았다. 사람들로 북적이고 어수선했다. 액션 영화를 좋아하는 J, 액션이 난무하는 영화를 좋아하지 않는 나, 우리가 함께 보는 영화는 공포 스릴러 장르다. 결국 서연의 집도 그냥 지나쳤다.

넙빌레*와 해안가를 지나 바닷가 숲길 예촌망을 지나면서부터 J는 슬슬 지쳐갔다.

"얼마나 남았어?"

---

* 넓은 빌레. 빌레는 용암이 흐르면서 비교적 평평하게 쌓인 지형을 뜻하는 제주어.

2킬로미터 남았어.

“왜 이렇게 길어. 10킬로미터까지가 좋았는데.”

어제 나는 20킬로미터가 넘는 길을 걸었어. 그것도 혼자.

“왜 그렇게 열심히 걸어? 안 무서워? 나는 걱정돼 죽겠다.”

종점이 있는 쇠소깍 효돈천 입구에 다다랐다. 효돈천의 돌길을 J는 지친 걸음으로, 나는 아쉬운 걸음으로 걸었다. 나도 이제 슬슬 다리가 아프다. 하지만 길이 끝나는 건 아쉽다. 쇠소깍은 벌써 세 번째 방문이다. J가 우리에게 의미 있는 자리를 알아보고 반가워하더니 함께 사진을 찍자 했다.

지난 해 9월에 J와 둘이 제주 여행을 왔을 때 이곳 쇠소깍에서 기암괴석을 병풍처럼 두른 신비로운 쪽빛 물빛을 보던 내가 소리내며 감탄하자 한 중년 여성이 우리에게 다가왔다.

“사진 찍어드릴까요?”

돈 받고 사진 찍어주는 사람인가 싶어 괜찮다 했더니 슬며시 미소 지으며 핸드폰을 달라고 손을 내밀었다.

"두 분이 좋아 보여서 그래요."

혼자 오셨어요?

"네, 제주에서 일 년 살이하고 있어요."

혼자 제주에 산다고요? 왜요? 어떻게요? 낯선 사람에 대한 경계심은 이미 저만치 달아났다. 여자 혼자 여행을 한다? 문득 대전에 사는 친했던 대학원 동기가 생각났다. 작고 마른 체구의 그녀는 마음이 답답하면 한밤중이라도 혼자 차를 몰고 울진까지 가서 바다를 본다고 했다. 멀쩡하다 못해 반듯한 사람인데 괴상한 취미가 있다고 생각했다. 아니면 내게 아직 말하지 않은 개인적인 문제라도 있는 건가 싶었다. 그때만 해도 나는 여자가 혼자 여행을 한다는 것을 도무지 이해할 수 없었다.

"가족은 서울에 있고요, 올레길을 걷고 싶어서 저 혼자 내려왔어요. 집은 연세로 얻었고, 서귀포 중문에서 파트타임으로 식당 아르바이트 하고 나머지 시간은 올레길을 걸어요. 제주 올레길 걸어보셨나요? 제주를 속살까지 알 수 있어요. 마을로 난 길을 걸으면 바람이 좁은 돌담길을 휘몰아치며 따라오는데, 그 느낌이 얼마나 좋은지 몰라요."

그녀는 처음 만난 우리에게 제주에서 살게 된 사연과

올레길에 대해 들려주었다. 남은 여행 내내 그녀를 생각했다. 그녀는 이웃 동네 가듯 제주에 온 사람 같았다.

제주에서 혼자 산다는 것은 내게는 정글에서 산다는 것만큼이나 위험한 이야기로 들렸다. 하지만 그녀를 떠올릴수록 제주가 단지 멀고 먼 관광지만은 아닌, 아름답고 멋진 것들로만 가득한 섬이 아닌 사람이 사는 삶의 터전이 될 수도 있겠다는 생각이 들었다. 올레길이 어떤 길이길래 그 길을 걷겠다고 제주에서 살 결심을 했을까, 일 년이나 살면서 걸을 가치가 있는 길인가 궁금해졌다.

그 후로도 문득문득 나는 그녀를 떠올렸다. 육지에 돌아가서도, 제주에 살게 된 후에도. 그녀 생각을 더 이상 하지 않게 된 건 올레길을 다 걸은 후도 아니고 SNS에 올레길에 대해 밤낮으로 글을 쏟아붓고 나서도 아니었다. 올레길 위에서 그림을 그린 후부터였다.

J는 예상했을까. 쇠소깍에서 만난 그녀처럼 제주에서 살고 싶다는 내 말에 J는 이렇게 말했다. "말이 좋아 그렇지, 여자 혼자 제주에서 어떻게 살아. 알바하며 여행한다고? 그 반대겠지. 일만 하다가 어쩌다 시간 나면 겨우 나가 볼 수 있을 걸."

그럼 일단 혼자 가 있을 테니 육지 정리하고 오라고 하자 J는 깜짝 놀라며, "그건 안 돼. 도장 정리하고 이것저것 하면 3년 안이면 갈 수 있어"라고 말했다.

너무 늦어. 나는 지금 당장 가서 살고 싶어. 그래야 할 것 같아. 그렇게 말은 했지만 정말로 넉 달 만에 모든 것이 정리돼 제주에서 살게 될 줄은 몰랐다. 쇠소깍의 그녀를 만난 지 5개월 후, 우리는 제주로 이주했다. 그리고 한 달 후, 나는 올레길 위에 서 있다.

2부

나를 위하여

선택과 우연

6코스

쇠소깍

|

서귀포

올레길 6코스는 쇠소깍, 이중섭 거리 같은 유명 관광지와 섶섬, 범섬 등 서귀포를 대표하는 섬 들이 있는 볼 것도 즐길 것도 많은 코스라서 기대를 많이 했다. 사람이 많아 혼자 걸어도 무섭지 않으니 걷는 중에 몇몇 명소를 들러보자는 계획도 세웠다. 또 다른 코스와 달리 6코스는 어느 지점부터 두 갈래 길로 나뉘어진다. 둘 중 어느 길로 갈까 즐거운 고민을 하다 꿈에서도 올레길을 걸을 정도로 나는 들떠 있었다.

이번 주는 내내 흐리고 비가 왔다. 일기예보를 보니 오늘도 흐리고 비가 온단다. 무릎이 붓고 발목이 욱신거렸다. 앉아 있다 일어날 때마다 무릎과 발목의 통증이 심해 덜컥 겁이 났다. 지난주에 걸은 거리는 70여 킬로미터. 평소 걷지도 않는 사람이 다리를 제대로 혹사시켰다. 거기에 비까지 온다니 오늘은 쉬는 것이 맞는 것 같은데, 마음이 자꾸 올레길로 달려간다. 갈까 말까, 걸을까 말까. 고민에 고민을 하다 우비를 입고 집을 나섰다.

6코스 시작 지점인 쇠소깍에 가려면 버스 정류장에서 내려 15분쯤 걸어야 한다. 천근만근 무거웠던 다리는 막상 걸으니 잘 움직였다. 문제는 쇠소깍의 상류인 효돈천으로 가야 하는데 반대 방향으로 걸었다는 것이다. 아무리 가도 길이 낯설게 느껴졌지만 이 길이 맞는지 물어볼 만한 사람이 없었다. 5코스가 끝나는 곳이라 며칠 전에도 왔는데 헤매다니. 정말 나는 방향치에 길치가 분명하다. 이런 내가 혼자 올레길을 걸을 수 있는 건 오십여 걸음마다 있는 리본과 화살표 등의 표시 덕분이다. 이 표시들은 해가 지면 보이지 않기 때문에 일몰 전에 올레길 걷기를 끝내야 하는 이유가 되기도 한다. 제주 외곽 지역은 사람도 가로등도 드물어서, 날이 어두워지면 아주 캄캄하다. 그래서 해가 떨어질까 봐 안절부절 못하는 것이다.

효돈천 다리에서 낯익은 돌하르방을 보고 길을 찾았음을 알았다. 메마른 돌사막이었던 건천에 지난번과 다르게 물이 흐르고 있었다. 제주의 하천은 비가 와야만 물을 볼 수 있다.

쇠소깍에 도착했다. 시작부터 길 찾느라 기운을 빼서 한숨 돌릴 겸 커피 한 잔 마시고 걷기로 했다. 쇠소깍에 있는 던킨 도넛은 항상 사람으로 붐볐는데 오늘은 텅 비었다. 비가 오니 유명 관광지에도 사람이 드물다. 창밖에는 비가 내리고, 커피는 따뜻했다.

바닷가 게우코지를 지나는데 가운데로 쪼개진 생이돌이 눈에 들어왔다. 게우는 전복 내장 '게웃'에서 따온 이름으로, 이곳이 전복 내장처럼 생겼다고 해서 이런 이름이 붙었다고 한다. 생김새에서 이름을 딴 자연물은 정말 그렇게 생겼나 좀 더 유심히 보게 된다. 전복 내장은 어떻게 생겼을까. 새똥으로 하얗게 뒤덮인 생이돌이 비에 씻겨 원래의 까만 돌로 돌아왔다. '생이'는 새의 제주어다. 새가 좋아하는 돌이라 생이돌이란 이름을 붙인 것 같은데, 내 눈에는 한 몸에 두 개의 머리가 난 생물체로 보였다. 날이 으스스해서인지 자꾸 이상한 상상을 한다. 돌하르방조차 묘한 미소를 띠고 있다. 한쪽 입꼬리가 슬쩍 올라간 것이 시크한 것도, 비웃는 것도 같다.

바다를 마당으로 들인 집과 초가지붕에 돌담을 두른 집, 우엉팟에 유채꽃이 자라는 집을 만날 때마다 걸음을 멈췄다. 제지기오름 오르막길에는 목책 계단이 놓여 있었는데 다리가 무거워서인지 아주 길게 느껴졌다. 정상에서는 비 내리는 오후의 서귀포 마을과 화가 이중섭이 사랑했던 섶섬 바다가 보였지만 빗줄기가 굵어져 제대로 감상할 새도 없이 서둘러 내려가야 했다. 쉰다리* 가게도 문을 닫았다. 비 오는 날에는 할 수 없는 것들이 많다.

다시 섶섬을 만났다. 노란 유채꽃 사이로 보이는 섶섬은 나무가 촘촘하게 심어져 있었고 안개로 둘러싸고 있었다. 침봉을 닮았다. 섶섬이 보이는 바다를 마주하고 도시락을 먹었다. 비가 와서 도시락 먹을 장소가 있을까 했는데 정자가 있었다. 비 내리는 바다와 안개 낀 섶섬을 보며 도시락을 먹다 문득 이 모든 것들이 비현실적으로 느껴져

* 밥과 누룩으로 담가 만든 제주 전통 음료.

어리둥절해졌다. 내가 왜 여기에 있을까.

삐죽삐죽한 기암괴석이 둥그렇게 바다를 품은 기기묘묘한 소천지가 마음에 들었다. 위에서 내려다보는 것만으론 아쉬워 바다 가까이 갔다. 빗물에 젖어 미끄러운 돌을 조심스럽게 밟으며 바닷물이 들락거리는 물길까지 갔다. 먼 바다에서 밀려오는 파도가 소천지의 검은 바위벽에 부딪쳐 물보라를 일으켜 두어 발짝 뒤로 물러섰다.

소천지가 품은 물을 오랫동안 보고 있으니 깊이를 알 수 없는 어두운 물빛에서 어떤 두려움이 느껴졌다. 우주적인 두려움일지도 모르겠다고 생각했다. 이곳에서 살고 있을 한 마리 개미를 떠올렸다. 깎아지른 거대한 산을 기어가는 개미가 다다라야 하는 무한궤도의 우주. 전체 모습을 상상할 수 없는 개미는 천길 낭떠러지 밑 심해에는 가까이 가지 못하고 풀 한 포기 자라지 않는 메마르고 거친 산을 평생 동안 오르내릴 것이다. 개미에게는 소천지의 암벽 끝이 우주의 가장자리처럼 느껴지겠지.

소천지가 준 강렬한 인상이 쉽게 잊혀지지 않아 멍하니 걷고 있는데 어디선가 호루라기 소리가 날아왔다. 날 향한 소리일 리 없다고 생각하고 발걸음을 이어가는데 더

크고 긴 호루라기 소리가 들려왔다. 걸음을 멈추고 주위를 둘러보았다. 저 멀리 간이 휴게소 같은 건물에서 누군가 날 보고 있었다. 알고 보니 내가 과녁판 앞을 지나고 있었다. 활을 쏘면 화살이 바다 건너 과녁에 꽂히는 기이한 국궁장이었다. 죄송해서 허리를 굽혀 인사했더니 할아버지가 멋진 자세로 활시위를 당기는 시늉을 했다.

"아가씨가 과녁 앞에 서 있길래 위험해서 호루라기 불었어. 들어와서 커피 한 잔 하고 가."

안을 슬쩍 보니 남자 노인 몇 분이 담소 중이었다. 감사하다고 말씀드리고 얼른 지나갔다.

잔디가 깔린 아담한 정원으로 길이 이어졌다. 까만 돌담에 커튼처럼 드리워진 담쟁이가 빗물에 젖어 선명하고 투명한 초록빛을 띠고 있었고 먼나무의 콩만 한 붉은 열매는 비바람 때문에 길바닥에 떨어져 있었다. '소라의 성'은 회색 돌로 만든 석벽과 아치형의 커다란 통창으로 만들어진 낡고 오래된 작은 성처럼 보였다. 건물 앞에는 키가 큰 야자수가 있었는데 메마른 잎이 비바람에 정신없이 흔들렸다. 바다 쪽에서 우렁찬 폭포 소리가 들려왔다. 울창한 나무 사이로 쏟아지는 물줄기가 몽돌이 깔린 해변으로 흐르다 바다와 만나는 소정방 폭포다. 파도가 해안의 몽돌을 훑는 소리와 폭포 소리가 어우러져 웅장하게 들렸다.

갈림길에 섰다. A코스는 이중섭 문화 거리, B코스는 천지연 폭포 기정길에서 시작해 칠십리 공원에서 합쳐진다. A와 B코스 중 어디로 갈 것인지 걷기 전부터 고민했는데 아직도 결정을 내리지 못했다. A코스는 이중섭 거리가 새단장되었다 하니 다음에 천천히 둘러보고 오늘은 B코스를 걸을까. 아니다, 오늘은 비가 오니까 사람이 없는 B코스보다 관광객이 많은 A코스가 낫겠다. 아니다, 새연교를 건너 새섬을 둘러볼 수 있는 B코스는 비 오는 날 운치가 있을 테니 역시 B코스를 걷자.

갈피를 못 잡고 오락가락하다 발이 제 멋대로 움직였다. 어디서부터 잘못 걸었는지 모르겠다. 처음엔 분명히 A코스로 들어갔는데 이중섭 거리에 들어서는가 싶더니 갑자기 금지 구역 팻말이 나왔다. 어떻게든 걷다 보니 천지연 폭포 주차장을 지나 하얀 돛단배 모양을 한 새연교 앞에 서 있게 되었다. 날은 어두워지고, 비는 점점 더 내리고, 먼 길을 걸어온 다리는 너무나 무겁다. 무심한 차들이 쌩쌩 지나가는 길을 지친 걸음으로 터벅터벅 걷다가 두 코스가 합쳐지는 칠십리 공원에 들어섰다. 한 치 앞도 보이지 않는 안개가 낀 저녁의 공원은 스산했다. 담장 너머로 삐죽 나온 앙상한 나뭇가지에 매달린 올레 리본마저 괴기스럽게 보였다. 걸음을 재촉했다.

더는 한 걸음도 걷지 못할 것 같은데 이번엔 오름이 기다리고 있었다. 삼매봉이다. 숲을 가득 메운 안개는 시커먼 짐승이 내뿜는 입김처럼 보였다. 정상에서 서귀포 앞바다에 떠 있는 섶섬과 새섬, 범섬, 문섬과 먼 바다에 있는 마라도와 가파도까지 볼 수 있다고 들었는데, 비와 안개 때문에 아무것도 보이지 않았다. 그때 갑자기 동네 사람으로 보이는 중년 남성이 올라오는 것이 보였다. 비 오는 날 굳이 오름에 오르는 이유가 뭘까. 서둘러 내려갔다.

종점 스탬프가 있는 외돌개에 도착하니 버스가 정차 중이었다. 서둘러 스탬프를 찍고 버스를 향해 달려갔다. 제주시로 돌아오니 바람이 엄청나게 불어 거리의 교통 표지판이 당장이라도 떨어져 날아갈 기세로 사정없이 흔들렸다. 비만 오는 게 아니라 바람까지 센 날이다. 집에 도착해 뜨거운 물로 샤워하고 따뜻한 차 한 잔을 마시자 그제야 안도의 한숨이 내뱉어졌다.

나는 오늘 어느 길을 걸은 것일까. 나의 의지는 A코스를 선택했는데 발은 B코스로 향했다. 비안개와 바람으로 가려진 어둠 속을 걷느라 아무것도 볼 수 없었다. 내가 가는 길이 맞는 길인지 수없이 의심하면서도 그저 걸어갈 수밖에 없었다. 어둠 속에서 희미하게 까불거리는 작고 여린 리본에 의지해 뒤돌아보지 않고 앞으로 나아갔다. 그런데 왜 길을 잃은 것일까. 비가 오는데도 길을 걸어서일까. 소천지에서 떠올린 한 마리 개미 때문일까. 이유를 알 수는 없지만 어쨌든 나는 종점에 도착했다. 내가 어떤 선택을 하든 종점에 도착하는 것으로 결론이 정해져 있었다면, 내 고민은 부질없는 것이었을까.

오늘의 걷기 여행처럼, 선택은 우연으로 점철되어 있다. 내가 무엇을 선택하든 그것은 우연이다. 아니, 우연이 계시처럼 찾아와 나로 하여금 어느 쪽으로 갈지를 선택하게 하는 것일지도 모르겠다.

밀란 쿤데라는 《참을 수 없는 존재의 가벼움》에서 우연에 대해 다음과 같이 말했다.

우연만이 우리에게 어떤 계시로 보여졌다. 필연에 의해 발생하는 것, 기다려왔던 것, 매일 반복되는 것은 아무런 말도 하지 않는다. 오로지 우연만이 웅변적이다. 접시들이 커피잔 바닥에서 커피 가루가 그린 형상을 통해 의미를 읽듯이, 우리는 우연의 의미를 해독하려고 애쓴다. (중략) 우연은 필연성과는 달리 이런 주술적 힘을 지닌다. 하나의 사랑이 잊혀지기 위해서는 성 프란체스코의 어깨에 새들이 모여 앉듯 여러 우연이 합해져야만 한다.*

어떤 선택은 많은 시간이 지나야 알 수 있다. 나의 의지와 우연이 도달한 결과를 보기 전까지 내가 지금 할 수 있는 일은 그저 끊임없이 우연의 의미를 찾는 것뿐이다.

* 밀란 쿤데라, 《참을 수 없는 존재의 가벼움》 (민음사, 2009), p.59 ~ p.60

원래 그래

7코스

서귀포

|

월평

구름 한 점 없는 맑은 하늘 아래 할망은 늦잠을 자고 있었다. 웃음기 가득한 얇은 눈꼬리가 깊이 패인 보조개와 맞닿아 있었다. 기분 좋은 꿈을 꾸고 있는 것 같았다. 숱이 적은 머리를 풀어헤친 반듯한 이마 위로 햇살이 내려앉았다. 그날 내내 할망은 내가 걷는 길 어디에나 있었다. 걸을수록 점점 젊어지더니 길이 끝날 무렵에는 처녀 시절 모습을 되찾았다.

길을 걸을수록 시간이 점점 과거로 가다니. 내 인생도

지금부터 거꾸로 간다면 어떨까. 그저 체념하고 기다리고 받아들이고 용서했다면 그때의 나는 지금 어떤 삶을 살고 있을까.

솔향 짙은 삼매봉을 오르는 동안 까치 소리가 요란했다. 소나무 사이로 한라산이 보여서 발걸음을 멈춰 할망을 찾아보았더니 여전히 잠을 자고 있었다. 이제는 아무런 꿈도 꾸지 않는지 눈가의 미소가 사라지고 벌리고 있던 입은 꾹 다물려 있었다. 그런데 할망의 모습이 좀 전과 달랐다. 이마에서 코로 내려오는 선이 부드럽고 둥실했으며, 주름진 목은 가냘프고 길어졌고, 머리카락이 풍성해졌다. 어찌된 일인지 의아해서 한참을 바라보았다.

삼매봉 남성대에서 보는 바다의 빛은 지중해의 푸르고 나른한 물빛과 닮았다. 반짝이는 윤슬이 가득한 바다에는 흰 어선 몇 척과 섶섬, 새섬, 문섬, 범섬의 고만고만한 작은 섬들이 차례로 떠 있었다.

바람이 불지 않아 잔잔한 수평선과 맞닿은 하늘 위로 별 하나를 찾아보았다. 카노푸스, 수성壽星이란 이름을 가진 노인성을 우리나라에서 볼 수 있는 곳은 제주, 그중에서도 이곳 삼매봉 남성대뿐이다. 한겨울 맑은 날에만 볼 수 있다는 노인성을 보면 무병장수할 수 있다 한다. 남성대 정자 지붕 아래 현판에 조선시대 시인들이 노인성을 보고 읊은 시조 몇 수가 적혀 있었다. 봄날 한낮에 도착해 별을 볼 수 없어서 대신 천천히 시를 읽으며 한라산과 바다 사이에 서서 그 별을 상상했다.

> 남극에 신령스러운 별 하나 있으니 호성 아래에 있는 별이라네.
> 새벽에 바라보면 파월破月인 듯 보이고 저녁에 바라보면 밝은 등불 감춘 듯.
> 조정에서는 국운의 형통함을 점치고 백성들은 무병장수를 기원한다네.
> 오로지 중국 형산과 한라에서만 볼 수 있지만 다른 곳에서는 볼 수가 없다 하는 걸.
> – 김상헌, 〈노인성〉

> 노인성을 바라보다 잠시 돌아보니 자라 등에 산신은 백 척의 누대였네.
> 상전벽해를 어찌 이상하다 하리오.

이제 곧 말을 타고 영주를 지나가리니.

– 추사 김정희

추사의 시조대로 설문대할망과 노인성은 마주 보고 있다. 앞을 보면 바다, 뒤돌아보면 한라산이 보이는 자리에서 빛나는 노인성. 시조를 읽고 노인성의 자리를 가늠하는 동안에도 시간은 거꾸로 흘러서, 그새 할망은 좀 더 젊은 시절로 돌아갔다.

나는 지금 여기에 있지만 나의 상상력은 어디든 갈 수 있다. 별 하나를 품고 삼매봉 내려가는 길에 할망이 설핏 눈을 떠 나를 바라보는가 싶더니 다시 잠들었다.

길은 외돌개가 있는 바다로 이어졌다. 바다에 우뚝 솟아있는 외돌개는 철갑을 두른 거인처럼 생긴 커다란 바위다. 눈코입이 뚜렷하고 머리에는 소나무 몇 그루가 자라 바람에 휘날리는 머리카락처럼 보였다. 외돌개는 바다에 홀로 외롭게 솟은 바위라 붙여진 이름이다. 나이는 150만 년. 화산 폭발로 생성된 기암괴석이다. 지금 내 앞에 있는 저 돌은 20여 미터 키에 인간의 형상을 갖추고 얼마 전에 솟아오른 것처럼 뚜렷하고 역동적인 모습을 하고 있다.

외돌개에는 세 가지 전설이 있다. 팥죽을 끓이다 죽 그릇에 빠져 죽은 설문대할망, 한라산 아래 살던 노부부 이야기 그리고 최영 장군에 관한 이야기다.

1. 설문대할망은 5백 명의 아들들을 먹이려고 가마솥에 죽을 끓이다 빠져 죽었다. 어머니가 죽은 줄도 모르고 맛있게 팥죽을 먹던 아들들은 그릇 바닥에서 어머니의 뼈를 발견하고 슬퍼하다 한라산의 영실기암이 되었다. 어머니가 보이지 않아 죽은 나중에 먹기로 하고 어머니를 찾으러 나섰다 참사를 안 막내 아들은 형들을 용서할 수 없어 한라산을 떠나 외돌개가 되었다.

2. 외돌개는 할망 바위라고도 부르는데, 이에 얽힌 이야기다. 한라산 아래 노부부가 살았다. 바다에 나간 할아버지가 풍랑으로 돌아오지 못하자 할머니는 바다를 향해 하르방을 부르며 통곡하다 바위가 되었다.

3. 고려 말, 묵호의 난 잔류 세력이 외돌개와 마주한 범섬으로 숨어들었다. 최영 장군은 그들을 토벌하기 위해

외돌개에 장군 옷을 걸치고 불을 비춰 바다에 그림자를 드리웠다. 한밤중에 그 모습을 본 묵호 세력은 거대한 장군의 모습을 보고 놀라 스스로 목숨을 끊거나 투항했다.

외돌개는 나고 자란 곳과 형제들을 떠나 바다에서 혼자 살며 가까이 다가갈 수 없는 범섬을 언제까지나 그리워하며 바라보고 있다. 범섬이 그에게 어떤 의미인지는 알 수 없다. 다만 외돌개가 자신의 운명을 바꾸었다는 것만은 알 수 있었다. 하늘이 정해준 운명을 바꾼다는 것은 톱니바퀴처럼 연결된 세계의 순행 흐름을 파괴하는 것과 같아 엄청난 의지가 필요하고, 대가와 책임이 따른다. 그것을 감당할 수 있는 자만이 운명을 바꿀 수 있는 것이다.

앞에서 소개한 설문대할망 전설에 따르면 499명의 아들들은 한라산 꼭대기에 병풍처럼 펼쳐진 영실기암이라는 이름으로 한데 묶여 불리지만, 막내 아들은 외돌개라는 이름과 연관된 전설을 두 개나 더 얻었다. 홀로 우뚝 서서 오랜 세월 동안 인간의 사랑을 받는 바위가 되었다. 그가 그런 운명을 바라지는 않았을 것이다. 하지만 그는 자신의 의지로 그런 선택을 할 수밖에 없었고, 하늘은 기도 하는 자를 돕는다.

외돌개는 평안할 수 없다. 바람은 언제나 불고 파도는 밤낮으로 소란하다. 바람이 불면 부는 대로 견디고 밀려오는 파도에 몸을 싣고 흘러가는 세월을 묵묵히 바라보며 바다에 떠 있는 저 커다란 돌을, 나는 사랑한다.

외돌개를 뒤로 하고 유채꽃이 핀 돔베낭길로 들어섰다. 푸른 바다 앞에 노란 유채꽃이 활짝 핀 이곳은 봄날의 엽서 같다. 길은 키 큰 야자수 아래 빨강, 초록 우체통이 있는 대륜동 해안으로 이어졌다. 초록색 우체통은 '보내지 못한 편지'를 넣는 우체통이다. 편지를 써서 초록 우체통에 넣으면 상대에게 보내준다.

바다와 마주한 자리에 조용한 정자가 있어 잠시 앉았다 가기로 했다. 손바닥만 한 수첩에 편지를 끄적였다. 나에게 편지를 쓰고 싶었다. 과거의 나에게. 외할아버지가 나를 사랑하는 줄도 모르고 귀찮아했던 어린 나, 2년마다 이사를 다니며 피로했던 유년의 나, 열네 살 그날부터 J를 만나기 전까지 내가 아닌 나로 살았던 나, J를 만나 제주에 오기 전까지의 나에게.

모든 선택의 순간마다 혼자서 많이 힘들었지? 그때는 그게 네가 할 수 있는 최선이었어. 후회하지 마, 자책하지 마.
아무도 너를 돌봐주지 않아서 화가 났지? 원래 그래. 사람도 세상도, 그냥 그런 거야. 그러니 원망하지도 미워하지도 마.

J와 함께 처음 제주에 왔던 그날, 한라산에 올라 목재 데크 길을 걷고 있을 때 오른쪽 평원의 안개 너머 벼랑 어딘가에서 나를 툭, 건드렸던 어떤 바람은 설문대할망이었다. '태어날 곳이 아닌 데서 태어나' 고향 없이 이리저리 떠돌아다니던 나를, 진짜로 원하는 것이 뭔지 모른 채 과거를 묻어버리고 미래를 위해 현재를 유예하며 살던 나를 할망이 붙들었다.

다시 길을 걸었다. 범섬이 보이는 아늑한 법환 포구를 지나 범섬과 서건도가 나란히 서 있는 바닷가에서 중간 지점 스탬프를 찍었다. 일몰 시간이 얼마 남지 않아 서둘러 걷다 저 멀리 있는 한라산을 보았다. 할망은 더욱 더 젊어져서 이제는 이마와 눈코입으로 이어지는 선이 부드럽게 하나의 능선을 이루고 있었다.

울퉁불퉁한 돌밭이 깔린 바닷길을 가로질러 사시사철 맑은 물이 흐르는 강정천이 있는 강정 마을에 들어서니, 플래카드와 깃발이 어수선하게 널려 있고 군인과 경찰이 대치하고 있었다. 강정 앞바다의 해군기지 건설 현장은 이질적이었고, 심난해 보였다. 사람들은 각자 최선의 선택을 하지만 결과는 시간이 지나야 알 수 있다. 당장은 아무것도 알 수 없다. 검은 융단 같은 구럼비를 보고 싶었지만 지금은 사라진 그 바위를 찾을 수 없어 그곳을 얼른 지나쳤다.

나무들로 울창한 깎아지른 벼랑 아래 위치한 작은 포구는 달을 품고 있어 월평이란 이름이 붙었다. 먼 바다에는 송악산과 용머리 해안이 일몰이 내리는 하늘 아래 부드러운 실루엣을 그려놓았고, 저 멀리에서는 할망이 누운 한라산이 포구를 감싸고 있었다. 할망은 이제 완전한 처녀의 모습이 되었다. 둥근 콧망울과 도톰한 입술, 부풀어오른 뺨 위로 구름이 뭉게뭉게 피어오르고, 할망은 오늘밤도 별을 만나기 위해 단장을 한다. 이곳이 시간의 시작인가보다. 맑고 잔잔한 포구에는 작은 배 몇 척이, 벼랑 위에는 주홍 지붕을 올린 목가적인 집들이 있었다. 금방이라도 굴

뚝에서 모락모락 연기가 피어오를 것만 같다. 온종일 길 위에 있던 여행자가 하룻밤 머물고 싶은 풍경이었다. 하지만 나는 과거에 머물지 않고 오늘을 살기 위해 시간이 시작하는 이곳을 미련 없이 떠났다. 오늘은 오늘의 길이 끝났다.

좋은 건 그냥 좋은 것

7-1코스

서귀포 버스터미널

|

서귀포

긱 긱, 기이익 기익 기익.

새의 눈이 섬광으로 번득였다. 날카로운 갈고리 발톱을 곧추 세우고 커다란 날개를 펼쳐 표적을 향해 곧장 날아가는 놈이 노리는 것은 토끼였다. 빛이 들지 않는 난대림으로 둘러싸인 절벽 위의 잿빛 토끼는 한 덩어리 바위처럼 보였다. 바위가 사라졌을 때야 비로소 그것이 살아 있는 토끼라는 것을 알았을 정도다. 순식간에 사라진 토끼는 어디로 갔을까. 그놈이 채어갔을까.

오후 2시부터 걷기 시작했다. 올레길 한 코스를 걸으려면 하루를 꼬박 들여야 하는데 오늘 일몰 시간은 6시 43분, 걸어야 할 거리는 15킬로미터다. 한 번도 쉬지 않고 걷기만 해도 오후 2시 출발은 무모했다.

누군가가 '계륵 같은 코스'라고 표현한 7-1코스는 집에서도 멀고 볼거리라곤 비가 70밀리리터 이상 와야만 쏟아지는 엉또 폭포뿐, 재미없는 신시가지를 걷는 코스라서 걷기를 미루고 있었다. 나에게 올레길 완주는 하나의 욕망일 뿐 욕심이 아니기 때문에 모든 코스를 다 걷지 않아도 된다. 하지만 내가 가지 않은 길을 다른 사람의 경험으로만 판단하고 싶지는 않았다.

그렇다 해도 이런 고민을 하기에 정오는 너무 늦은 시간이다. 그런데 왜 고민할까. 고민하는 이유를 고민했다. 선택지가 하나라면, 옳은 답을 알고 있다면 고민거리가 아니겠지. 정오에 집을 나서 오후 2시부터 걸었을 때 최악의 상황은 무엇인가. 길을 다 걸을 수 없다는 것. 집에서 먼 거리까지 오가면서 시간과 교통비, 에너지가 낭비된다는 것. 근데 그러면 뭐 어때?

엉또 폭포는 정적으로 가득했다. 물기 없이 바짝 말라

버린 절벽을 뚫어지게 바라보았다. 폭포가 시작되는 꼭대기가 궁금했지만 암벽 등반 고수도 쉽게 못 오를 것 같은 아찔한 높이였다. 이곳에 70밀리리터 이상의 비가 오면 다음날 깊은 산중을 쩌렁쩌렁 울리는 우레와 같은 소리와 함께 두레박으로 물을 퍼붓는 것이 아닐까 싶을 만큼 많은 양의 물이 높이 50미터 절벽 아래로 쏟아진다고 한다. 평소에는 울창한 숲으로 둘러싸인, 아름다운 기암괴석으로 이루어진 병풍 같은 마른 절벽이 많은 양의 물을 쏟아내는 폭포로 변하는 곳은 세계에서 유례가 없어 나이아가라, 이과수, 빅토리아 폭포와 함께 세계 4대 폭포로 불린다고 입구 안내문에 적혀 있었다.

잡풀 사이를 헤집고 폭포가 떨어지는 물가에 가까이 가 보니 깊고 고요한 암녹색 물속에 산과 바위, 나무가 있는 또 하나의 세상이 있었다. 넋 놓고 구경하는데 긱 긱, 기이익 기익 기익 하는 소리가 가까이에서 들려왔다. 백악기 날짐승의 소리가 저러할까. 불쾌하고 소름 끼치는, 처음 듣는 새소리였다. 하늘을 올려다보아도 숲을 보아도 새는 보이지 않았다.

폭포 옆에는 무인으로 운영되는 산장이 있었다. 라디

오에서는 음악이 나오고 작은 화면에 쏟아지는 엉또 폭포를 찍은 영상이 돌아가고 있었다. 벽은 물론 자투리 공간까지 방문객들의 메시지가 적힌 포스트잇이 빼곡했다. 쌓여 있는 방명록을 들춰봤더니 솔직한 내용이 재미있어서 나도 모르게 꽤 많이 읽게 되었다.

산장 밖 테라스에는 깨끗한 테이블과 의자가 마련되어 있었다. 여기서 도시락을 먹고 가기로 했다. 산장 안의 라디오 소리가 바깥까지 들려왔다. 어느 시절의 트로트인지 알 수 없는 노래에 이어 〈가고 싶어도 갈 수 없고 보고 싶어도 볼 수 없는〉의 노랫말이 들려왔다. 올드하고 레트로한 옛날 노래가 이곳과 어울리지 않는 것 같으면서도 묘하게 마음을 편하게 해 느긋하게 밥을 먹을 수 있었다.

식사를 마친 후 다시 산장 안으로 들어가 종이컵에 인스턴트 커피 한 잔을 타고 돈통으로 보이는 나무 상자에 커피값으로 천 원을 넣었다.

떠나기 전에 한 번 더 폭포를 보고 싶어서 커피를 들고 폭포 쪽으로 갔다. 절벽 꼭대기부터 바닥의 암녹색 물까지 눈으로 훑어 내리는데 또 다시 긱 긱, 기이익 하는 위협적인 새소리가 들려왔다. 번득이는 눈빛과 갈고리 발톱을 가진 커다란 새가 어딘가에 숨어서 나를 지켜보다 순식간에 날아와 덮칠 것만 같았다. 얼른 자리를 뜨려다 뭔가 이상해서 뒤돌아 절벽 꼭대기를 올려다보곤 깜짝 놀랐다. 토끼 형상을 한 작은 바위가 사라졌다. 야생 토끼를 처음 봐서 놀랐고, 그 토끼가 절벽과 완벽히 같은 색이어서 놀랐고, 감쪽같이 사라져서 놀랐다. 아까부터 긱긱거리던 소리는 토끼를 잡으려는 새였고, 토끼는 잡히지 않으려고 절벽 색과 한 몸이 되어 꼼짝 않고 숨죽이고 있었던 것일까.

내 상상은 끝 간 데 없이 이어졌다. 이 깊은 산중에 여우도 있을 것 같고, 깊은 물속에선 물뱀이 기어 나올 것 같고, 물에 사는 사람도 슬그머니 올라올 것 같고……. 더는 그곳에 있을 수 없어 도망치듯 떠났다. 입구에 세워진 폭포 안내문을 다시 보니 엉또 폭포에는 황조롱이라는 새가 살고 있다고 적혀 있었다. 황조롱이를 인터넷으로 검색해 보고 또 다시 소름이 끼쳤다.

생존을 위해 욕망하는 새와 바위가 되어버린 토끼가 한 세계에서 살아간다. 두 눈을 부릅뜨고 매섭게 먹이를 노리는 황조롱이 때문에 작고 연약한 절벽 끝의 잿빛 토

끼는 살아남기 위해 바위가 되어야만 했다. 선천적으로 주어지지 않은 능력을 얻기 위해 많은 노력과 시간이 필요했을 것이다. 반대로 황조롱이의 재능은 얻기 위해 노력할 필요가 없는, 하늘로부터 주어진 것이다.

누구에게나 재능이 있지만 모든 사람이 자기에게 주어진 재능을 알지는 못한다. 나에게 주어진 재능을 알 수 있는 방법은 내가 좋아하는 것이 무엇인지, 힘들이지 않고도 쉽게 할 수 있는 일이 무엇인지를 노력하여 찾는 것이다. 반대로 능력은 재능과 달리 노력으로 얻을 수 있다. 내가 얻고 싶은 것이 곧 능력이 되는 셈이다. 투 두 리스트to do list가 아닌 버킷 리스트bucket list에서 내가 얻고 싶은 능력이 무엇인지 알 수 있다. 머릿속에 떠오르는 악보를 옮겨 적을 뿐이라는 모차르트처럼 위대한 재능이 없고 걷기도 잘 하지 못하는 내가 지금 바라는 것은 재능이 아니라 바로 능력이다.

엉또 폭포에서 만난 황조롱이와 잿빛 토끼에 대한 생각이 왜 재능과 능력에 대한 생각으로 이어졌는지 모르겠지만, 원래 생각이란 곧잘 엉뚱한 곳으로 뻗치는 법이다.

생각에 빠져 천천히 걷다가 고근산에서 길을 잃었다. 왔던 길을 되돌아가는 것은 새로운 길을 걷는 것보다 더 많은 에너지를 필요로 하고 피로가 더해지는 일이지만, 올레 리본이 보이지 않아 이대로 올라가다가는 더 헤맬 것 같았다. 결국 중반쯤에서 걸음을 멈추고 마지막으로 리본을 본 장소까지 되돌아 내려갔다. 리본이 있는 곳을 기준으로 오른쪽으론 녹색 펜스가 쳐있고 직진 방향으로는 오르막 숲길이었다. 정확히는 나무들이 베어져 밑동만 남아 있는, 황량하고 거친, 곳이었다. 아무리 봐도 제대로 된 길 같지 않은데. 올레 리본이 매달린 나무가 베어져 버린 것은 아닐까 싶어 정상 쪽으로 다시 올라갔다.

정상에 도달할 무렵 말소리가 들려왔다. 여자아이 둘이 철봉에 매달려 놀고 있었다. 숲에서 헤매느라 땀에 젖고 헉헉거리는 나를 아이들이 빤히 쳐다봤다. 아무렇지 않은 듯 머리를 매만지고 정상 풍경을 구경하는 척했다. 섶섬과 오소리를 닮은 문섬이 보였고 지귀도라는 새로운 섬도 알게 되었다. 6시가 다 되어 서둘러 내려가야 하는 상황이었지만 잠시라도 쉬었다 가려고 벤치에 앉았는데, 이번에는 열여덟쯤으로 보이는 남학생이 점퍼 지퍼를 풀어헤친 차림으로 중얼중얼거리며 내 앞을 지나가더니 안녕하세요, 하고 인사를 했다. 십 분이나 앉아 있었을까. 그러는 동안에도 그 남학생은 두 번이나 내 앞을 지나가며 계속해서 중얼거리고 안녕하세요, 하고 인사했다.

고근산을 내려가니 마침 택시가 보여 손을 번쩍 들었는데 기사가 손사래를 쳤다. 좀 더 걸으니 중간 지점이 나왔다. 차량이 많은 도로를 걸으면서 이왕 여기까지 왔으니 이대로 종점까지 걸어보자는 욕심이 생겼다. 빠른 걸음으로 도로를 벗어나 봉림사 길로 접어드는데 가로등이 켜졌다. 날이 저물고 있었다. 남은 길은 3킬로미터뿐이고 밤이 되어도 사람이 많을 칠십리 공원만 걸으면 길이 끝나니 어두워져도 걸을 수 있을 거라 생각하고 계속 걸었다.

제주에선 귀한 벼농사를 짓는 하논에는 물이 바짝 말라 있었다. 벼는 밑동만 남아 있었다. 두 마리의 말은 무심히 풀을 뜯고 과수원 쪽에서는 꿩이 꿱 하고 비명을 질렀다. 도대체 꿩이란 새는 사람의 인기척에 왜 그리 놀라는 걸까. 꿩은 오늘 밤 어디에서 잘까. 저 과수원은 꿩의 집일까. 새들은 보금자리를 얻기 위해 어떤 노력을 할까. 갑자기 엉또폭포의 토끼가 떠올랐다. 황조롱이 서식지에서 살아가야 해서 한시라도 맘 편할 날이 없겠다, 싶었다.

하논을 벗어나니 캄캄해졌다. 나무의 실루엣이 무서웠다. 이따금씩 지나가는 차량마저 무서웠고 뭐가 나타날지 무섭고 또 무서웠다. 이제 2킬로미터밖에 남지 않았지만 더 걸어선 안 될 것 같았다. 큰 도로로 나가 택시를 불렀다. 택시에 오르니 걸음을 멈추길 잘했다는 생각이 들었다.

못 다 걸은 2킬로미터는 일주일 후 다시 걷게 되었다. 캄캄했던 하논은 아침에 다시 보니 평화로운 들판이었다. 밝고 경쾌한 새소리가 들렸다. 걸매 생태 공원으로 가는 내내 그 소리를 들을 수 있었다. 모든 것이 반짝이는 아침이었다.

7-1코스 걷기는 내가 올레길을 완주하는 계기가 되었다. 걸을까 말까 했던 그날의 고민은 걷는 것이 옳았다. 길의 초입은 공사가 진행 중이었다. 어수선한 현장을 걷다가 문득 계륵이라는 이 재미없는 코스에서 내가 좋아하는 것을 찾기로 했다. 길을 걷다 좋아하는 것을 발견할 때마다 걸음을 멈춰 수첩에 적어 보았다. 7-1코스를 다 걸은 후, 수첩에는 이런 단어들이 적혀 있었다.

팔랑팔랑 천천히 나는 노란 나비, 조용한 바람, 숲속의 햇살 한 줌, 풀꽃 속의 작고 빨간 먼나무 열매, 명랑한 유채꽃과 탐스러운 하귤, 녹슨 철문, 엉또 폭포의 정적, 낙엽 타는 냄새, 숲속 오솔길, 일렬로 서 있는 키 큰 삼나무, 하얀 목련나무 한 그루, 고근산 정상 둘레길에서 보는 숲속의 설문대할망, 숨이 턱에 찰 때 즈음의 내리막길.

도로에서, 외길에서, 사람이 많은 곳에서, 사람이 없는 곳에서, 그저 좋다는 이유로 무언가의 이름들을 적어나갔다. 그러느라 걸음은 더욱 늦어지고 여행 시간은 길어졌지만, 지금 내 눈앞에 보이고 들리고 냄새 맡아지는 내가 좋아하는 모든 것들을 손바닥만 한 작은 수첩에 적으면서 즐거웠다. 사람들의 말과 달리 7-1코스는 전혀 지루하지 않았다. 다음 길에는 어떤 것들이 기다리고 있을지, 그 길에서 내가 좋아하는 것은 무엇일지, 새로운 즐거움이 찾아올 것을 알기에 오히려 기대되었다. 그 즐거움이 결국 모든 길을 걷게 하는 원천이 되었다. 사소한 것들로 가득한 나의 작은 수첩이 그때는 어디에 쓰일지 몰랐다.

부끄러움을 감추기 위해

8코스

월평 마을

|

대평 포구

걷기 여행길에서 여행자를 만나면 어색하다. 마주 오는 여행자가 손톱만 하게 보이기 시작할 때부터 안절부절못한다. 먼저 인사할까, 재빨리 지나칠까, 옆길로 빠질까, 못 본 척할까, 그냥 미소만 지을까, 고개만 끄덕일까 고민하며 허둥대다 결국 느닷없이 맞닥뜨리고, 어정쩡하게 인사를 하고 만다. 걷기 여행길에서만 이런 것이 아니다. 처음 산에 올랐을 때 "안녕하세요." 하고 인사를 해오는 등산객들에게 엉거주춤 따라서 인사해야 하는 상황이 몹시도 어색했다. 한날한시에 같은 길을 걷는 인연에 대한 반가움과 응원이 담긴 함축적인 메시지를 나는 왜 어색해할까. 어릴 때부터 그랬다니, 타고난 성격인가 보다.

올레꾼으로 보이는 중년 부부가 시작 지점의 가게 앞에 앉아 있었다. 날 보더니 자기들끼리 올레길 뭐라 뭐라 하며 대화를 나눴다. 나는 그들의 시선을 피해 서둘러 걸어갔지만 얼마 못 가서 길을 헤매 본의아니게 그들의 뒤를 따라가게 되었다. 같은 목적지를 향해 걷고 있지만 왠지 남의 뒤를 쫓는 기분이 들어 머쓱해졌다. 부부와 스무 걸음쯤 거리를 두고 걸었다. 부부는 대화를 나누며 다정하게 걸어갔다. 벌써 올레길도 8코스째 걷고 있다. 이쯤 걸었으면 올레꾼을 만났을 때 먼저 인사할 줄도 알고 몇 마디 말 정도는 주고받을 법도 한데, 여전히 나는 이 모양이다.

약천사에 들어섰다. 앞서가던 부부가 쉬었다 가려는 눈치여서 잘 됐다 싶어 얼른 지나쳐 가려는데, 핸드폰이 울렸다. 엄마였다. 엄마에게 약천사를 아느냐고 물었더니 유명한 절이라며 대웅전에 들어가 절이라도 하고 가란다. 절이라니. 나는 살면서 절을 해본 횟수가 다섯 손가락에 꼽힐 정도다.

엄마와 달리 불교 신자도 아닐 뿐더러 종교 자체를 갖고 있지 않지만, 무신론자는 아니다. 신이 없다면 인간은 너무 외롭지 않나. 때때로 인간 능력을 초월하는 절대자를 향해 절박한 기도를 한다. 그때 신의 이름을 부르지는 않았지만, 신은 바람과 같아서 눈에 보이지 않을 뿐 어딘가에 있음을 나는 분명히 알고 있다.

그날, 이제 막 중학교 1학년이 된 나는 새로 사귄 친구와 함께 하교하던 길에 동네 공원에서 잠시 놀다 가기로 했다. 햇살이 따뜻한 봄날 오후였다. 벤치에 목이 늘어난 티셔츠를 입고 슬리퍼를 신은, 삼사십 대로 보이는 남자가 앉아 있었다. 그는 마른 오징어를 씹으며 우리를 보고 미소 지었다. 반쯤 마신 소주병이 옆에 있었다. 남자가 오징어를 건넸지만 우리는 받지 않았다.

"너희 또래만 한 조카가 있어서 반가워서 그래. 그런데 그 애는……."

남자는 커다란 한숨을 쉬며 소주를 병째 들이켜고 오징어 다리를 씹었다.

"저 야산 보이지? 걔가 며칠째 집에 들어오지 않는데 저 야산 자락에 있다는 소문을 들었어. 누나 부탁 받고 찾으러 갔는데 애들이 있더라. 그런데 나만 가면 조카가 도망가는 거야. 오늘도 갔다가 허탕 쳤어."

남자의 눈동자는 붉고 축축했다. 남자는 또다시 한숨을 쉬며 야산 쪽을 바라보았다. 아저씨 조카는 학교에 다니지 않나요? 그 산에서 뭘 하는데요? 잠은 어디서 자요? 남자가 안타까웠던 걸까. 그의 얼굴이 기억나진 않지만 내가 관심을 보일 정도였으니 위협적인 인상은 아니었나 보다.

"너희가 도와주지 않을래? 저 야산까지 같이 가서 조카 좀 불러줘. 너희라면 걔가 도망가지 않을 거야."

그때까지 아무 말 없던 친구가 겁먹은 표정으로 나를 보며 급히 고개를 저었다. 왜, 우리가 도와줄 수도 있지. 그때의 난 사람과 세상을 친구만큼도 몰랐다.

"너희가 도와주면 사례금으로 십만 원 줄게."

그렇게 큰돈은 안 주셔도 돼요. 십만 원은 그때까지 한번도 받아보지 못한 액수였다. 그는 집에 누가 있느냐고 물으며 들러서 책가방 내려놓고 편히 가자 했다. 집에는 동생밖에 없었다. 아빠는 늦게 들어오고 엄마는 얼마 전부터 한 동네에서 따로 살고 있었다.

수미야, 너도 같이 가자. 친구는 절대 가지 않겠다고,

나에게도 가지 말라 했다. 그런데도 나는 갔다. 집에 들러 책가방을 내려놓고 깨끗한 옷으로 갈아입고 남자를 따라 나섰다.

남자는 해가 질 때까지 동네를 맴돌았다. 길눈이 어두운 나는 세 바퀴쯤 돌았을 때야 똑같은 가게를 발견하고 뭔가 잘못되어가고 있음을 눈치챘다.

저 가게……. 내가 손가락으로 가게를 가리키자 남자가 가게에 들어가 아이스크림을 사서는 먹으라 했다. 싫다고 했지만 그는 봉지를 까서 내 손에 아이스크림을 억지로 쥐어주었다. 붉고 딱딱한 하드였다. 문득 하늘을 보니 조용하고 차분한 노란 빛으로 물들어가고 있었다. 살면서 처음 본 것 같은 일몰을 보며 슬픈 생각을 했다. 이대로 영영 집으로 돌아갈 수 없다면, 지금 보는 하늘이 마지막이라면, 누가 나를 찾아줄까.

아이스크림이 녹아 흰 바지에 붉은 물 한 방울이 떨어진 것을 보고 소스라치게 놀랐다. 집에 가야겠어요. 새로 산 바지라 그대로 두면 엄마한테 혼나요. 거짓말이었다. 집에는 엄마가 없었다. 그때부터 남자의 눈빛이 바뀌고 태도가 거칠어졌다. 나는 울지 않았다. 울지 않고 남자를 따라 야산으로 들어가 시커먼 굴 앞에 섰다. 먼저 들어가라며 나를 민 남자가 라이터를 켜자 조악한 빛 너머로 차고 음습한 작은 굴 바닥에 짚으로 된 낡고 더러운 거적이 깔려있는 것이 보였다. 사방에 깨진 소주병들이 뒹굴고 있었다.

그가 나를 묶으려 했다. 그때였다. 굴 바깥에서 낙엽 밟는 소리가 들렸다. 아주 크고 분명한, 발걸음 소리였다. 깜짝 놀란 남자가 밖으로 뛰어나갔다. 그가 두리번거리는 틈을 타 나는 굴 밖으로 뛰어나가 그대로 산비탈 아래로 몸을 던졌다. 남자가 소리치며 달려왔지만 나는 벌써 데굴데굴 굴러서 아래로 떨어진 후였다. 백여 걸음쯤 앞에 주유소 불빛이 보였다. 긁히고 깨지고 찢어진 몰골로 절뚝거리며 불빛을 향해 걸어갔다. 그때서야 울기 시작했다. 소리 내어 엉엉 울며 빛으로 걸어갔다.

그날 굴 바깥에서 낙엽을 밟은 '분명한' 발자국 소리는 누구의 것이었을까. 그 후로 아주 오랫동안 나는 그날의 일을 떠올릴 때마다 발자국 소리의 주인이 누구인지 생각했다. 나를 그토록 사랑하던 외할아버지, 육십도 안 돼서 심장이 멈춰 돌아가신 할아버지가 착한 신이 되어

나를 지켜주는 거라고 결론 내렸다. 그래서 절박할 때마다 나지막한 목소리로 할아버지를 불렀다. 도와주세요. 때론 화를 내며 땡깡을 부릴 때도 있었다. 할아버지, 나 도와줘야 하는 거 아니야?

신발을 벗고 대웅전 안으로 들어갔다. 쑥스러움을 무릅쓰고 어정쩡한 삼배를 하는데 문가에 앉아 있던 아주머니가 자꾸 나를 불렀다.

"보살님, 보살님. 초파일 등 달고 가세요."

절을 마치고 나가려는데 또 같은 소리로 불러서 등값으로 만 원을 주었더니 종이를 주며 소원을 쓰란다. 불심 깊은 엄마가 평소에 열심히 등 달고 기도한다 했더니 그것은 엄마 복이지 내 복이 아니란다. 그럼 그동안 엄마가 날 위해 한 기도는 모두 도로아미타불이 된 건가? 얼른 풀려나고 싶어서 소원 하나를 성실히 썼더니 더 쓰란다. 딱히 더 쓸 소원이 생각나지 않아서 이제 정말 가보겠다는 표시로 미소를 지으며 머리를 절레절레 흔들었다.

아시아 최대 규모의 대웅전을 보유한 절이라는 약찬사는 보기에도 화려했다. 몇 겹씩 올린 높은 지붕은 바다를 마주 보고 있었고 인공 폭포가 흐르는 정원에 심어진 야자수와 귤나무가 싱그러웠다. 문득 염주 팔찌를 사고 싶어 불교용품 가게에 들어갔다. 내 띠에 해당하는 동물이 새겨진 염주 팔찌를 시간 들여 천천히 고른 후 계산을 치르면서 뭐가 또 쑥스러웠는지 굳이 점원에게 말을 붙였다. 저는 불교 신자는 아닌데요, 올레길을 혼자 걷고 있는데, 이런 팔찌를 차고 걸으면 안심이 될 것 같아서요. 효과가 있겠죠?

"그럼요. 손님은 착하셔서 아무 일도 없을 거예요."

어딜 보고 착하다는 건지 모르겠지만 그 말이 따뜻하고 선한 계시처럼 들려와 나도 모르게 염주의 효과를 굳게 믿게 되었다.

만약 성당을 지났다면 묵주 팔찌를 샀을 것이다. 염주든 묵주든 가스총 말고도 강력한 힘을 가진 믿음직한 대상, 어떤 신의 보호를 바랐으니까. 나는 신이 변덕스럽지만 완전한 선의의 존재이며 짓궂을 때도 있지만 인간을 돕는 존재라고 생각한다. 사실 신의 뜻이 어떤지는 잘 모르겠다. 신은 착한 사람만 돕는 것이 아니라 악한 사람도 도우니까.

중문단지의 축구장 옆을 지나는데 이제 막 물질하고 나온 이십여 명의 해녀들이 마주 걸어오고 있었다. 물이 뚝뚝 떨어지는 머리카락에 피로한 기색이 가득한 해녀들 곁을 등산복 차림으로 지나려니 괜히 미안한 마음이 들어 한 분 한 분께 인사를 드렸다. 해녀들은 눈인사로 받아주었다.

대포 주상절리대는 수학여행 온 여고생들 덕분에 활기가 넘쳤다. 컨벤션 센터 가는 길, 관목과 잔디가 잘 자란 정원과 말끔한 산책로를 걷다 열대식물과 바다가 보이는 벤치에 앉아 도시락을 먹었다. 봄바람이 불었다.

'별빛이 비치는 개울'이라는 뜻의 베릿내오름에서 또 헤맸다. 긴 계단을 힘들게 올랐더니 두 갈래 길이 기다리고 있었다. 보통 갈림길에는 간세나 화살표가 있기 마련인데 어찌된 건지 올레 리본이 양쪽 길에서 모두 팔랑거리고 있었다. 잠시 망설이다 올레 리본이 좀 더 힘차게 팔랑이는 왼쪽 둘레길을 택했다. 울창한 난대림을 지나, 잘 정비된 나무 데크 길이 나왔다. 천제연 폭포 산책로에서 또 갈림길이 나타났다. 직진 방향은 천제연 폭포 가는 길이고 올레길은 왼쪽으로 가라는 화살표가 있었다. 그런데 위쪽에는 천제사, 오른쪽에는 역방향 올레 표시도 있었다. 도무지 어디로 가라는 건지 알 수 없어 혼돈스러웠다. 결국 양쪽 길에 리본이 있었던 갈림길까지 다시 갔다.

마침 아저씨 세 명이 계단을 올라오다 내게 인사하며 어디로 가야 하느냐고 물었다. 이제 다른 사람 눈에도 내가 걷기 여행자처럼 보이는 걸까. 길을 알려주고 싶었지만 나도 헤매고 있던 터라 지금 내가 되돌아온 이 길은 어쨌든 아니라고 말해주고 다른 쪽 길로 함께 걸었다. 조용히 뒤따라 걷고 있는데 자기들은 부산에서 출장 왔고, 올레길을 잠깐 걸어보러 나왔다면서 나더러 어디서 왔느냐고 물었다. 제주에 이주한 지 이제 두 달 되었다 했더니 멋진 결정이라며 부산도 좋은데 왜 하필 제주냐고 묻는다. 그 말에 대답하려면 내가 누구인지, 어떤 도시에서 얼마나 바쁘게 살아야 했는지까지 전부 이야기해야 할 것 같아서 말문을 잇지 못했다.

정상까지 함께 올라가 시원한 전망을 본 후 인사하고 헤어졌다. 그런데 잠시 후에 다시 만나게 되었다. 그들도 길을 잃은 것이다.

"이거, 여우에게 홀린 기분이네요."

베릿내오름을 빠져나간 후에도 또 헤맸다. 오름을 겨우 내려가 흔들 그네가 있는 산책로를 걸었는데 그곳에서도 빙빙 돌고 만 것이다.

하루 종일 길을 잃은 탓에 예상 시간을 훌쩍 넘어 관광객이 가득한 중문 색달 해변에 도착했다. 수돗가에서 발에 묻은 모래를 씻어내는 사람들을 보며 나도 따뜻한 모래 해변을 맨발로 걷고 싶었지만 걸을 수 있는 시간이 많이 남지 않아 참았다. 해변 한 구석에 화보에서나 볼 법한 장식물이 설치되어 있었다. 하얀 레이스 커튼과 테이블이었다. 테이블 위에는 꽃바구니도 놓여 있었다. 관광객을 위해 마련한 포토존인 줄 알고 사진을 찍으려 했더니 한 여자가 앞을 막으며 앙칼진 목소리로 말했다.

"여기서 사진 찍지 마세요."

알고 보니 웨딩 촬영 중이었다. 찍지 말라니 찍지 않을 건데, 여기가 전용 해변은 아니지 않나. 나라면 모두가 누릴 수 있는 장소를 막고 촬영하는 것이 부끄럽고 미안할 텐데. 푸른 바다를 배경으로 까만 돌 위에 서 있는 신부는 하얀 드레스 자락을 날리며 그저 포즈를 취할 뿐이었다. 그 와중에 하얀 레이스와 까만 돌의 대비가 아름다워

걷다가 자꾸 뒤돌아보았다.

나는 눈에 보이는 삶과 관계에 지쳐 있었다. 바라는 것이 무엇인지도 모른 채 앞으로 달려 나가기만 하는 것이 혼란스러웠다. 어디론가 떠나고 싶은데, 그곳이 어딘지 알 수 없어 방황했다. 어떻게 사는 것이 제대로 사는 것인지 어디에서도 답을 찾을 수 없었다. 세상을 무시하며 멋대로 사는 내가 부끄러워서 어떤 사람과도 깊은 관계를 가질 수 없었다. 그런데도 나는 너무 쉽게 마음을 열고, 정에 흔들리고, 오해를 받았다. 그 과정에서 상처를 얻으면서 사람도 세상도 점점 더 믿지 않게 되었다. 삶을 리셋시키고 싶었다. 지금까지 이루어온 모든 걸 버려도 좋고 처음부터 다시 시작해도 좋고 아예 시작을 하지 않아도 좋으니, 그저 나대로 살고 싶었다.

사람들의 잣대와 세상의 통념에 얽매이지 않고 나의 가치와 신념을 지키며 살기로 했다. 만나고 싶지 않은 사람은 만나지 않고, 가고 싶지 않은 곳에는 가지 않고, 어떤 인연에도 끌려다니지 않고 불의에 승복하지 않는 나로. 욕망은 해도 욕심부리지는 않는 나, 무언가를 원해도 그것에 끌려가지는 않는 나, 나를 증명하기 위해 애쓰지 않는 나로.

시냇물 소리를 뒤로 하고 예래 마을을 떠나 파도가 잔잔한 하예 바닷가 마을에 들어서니 밥그릇을 엎어놓은 것처럼 생긴 산방산이 보이기 시작했다. 대평 포구에는 해녀 동상이 세워져 있었다. 쇠줄로 만들어진 해녀는 몸 안 가득 바다를 품고 있었다. 얼굴에는 고된 삶이 담겨 있었는데, 생생한 표정에 놀랐다. 대평 포구는 소박하면서도 서사적인 미학이 엿보이는 곳이었다. 기암절벽 박수기정을 병풍처럼 두른, 평화롭고 아늑한 곳이었다. 근처에 서 있는 빨강 등대에는 소녀가 가슴을 내밀고 바다를 바라보고 있었다. 멀리서 보았을 때는 사람인 줄 알고 멋진 포즈라고 생각했는데, 가까이 다가가도 전혀 미동이 없어 이상하다 싶었더니 동상이었다. 언덕 위에는 소박한 포구에 어울리지 않게 지중해풍의 하얀 건물이 세워져 있었다.

포구에서 종점 스탬프를 찍고 잠시 머뭇거렸다. 9코스는 구제역으로 잠정 폐쇄되어 갈 수 없다고 들었다. 9코스를 뛰어넘어 10코스 시작점까지 어떻게 가나 싶었는데 마침 택시가 지나가길래 손을 번쩍 들었다.

기억되는 오늘을 살고 싶다

10코스

화순

|

모슬포

택시 기사님께 구제역에 대해 물어봤더니 9코스에 갈 사람은 다 간다며 제주도에는 아직 구제역이 없고, 낙석 위험 때문에 폐쇄한 거란다. 가지 말라는 곳에 가지 않고 하지 말라는 것을 하지 않는 건 공공의 안녕과 질서를 지키는 일이다. '설마 내가'가 아니라 '반드시 나'일 수 있다. 그러니 폐쇄 이유가 낙석 때문이어도 가지 않는 것이 낫다고 생각했다. 위험을 자초할 필요는 없다. 나중에 9코스가 안전해지면 그때 가도 되고, 만약 영영 가지 못 한다

한들 무슨 상관인가. 갈 곳은 많고, 가지 않은 곳은 비밀의 장소로 남아 있을 텐데.

10코스의 시작 지점인 화순 금모래 해변은 육지의 해변과 닮았다. 구불구불한 미끄럼틀을 갖춘 수영장과 육지의 공장 같은 화력발전소 때문에 어쩐지 어수선해 보였지만 제주에서 여태 흰 모래, 검은 모래만 보다 금모래를 보니 친숙하고 다정하게 느껴졌다. 지금은 제주에 살고 있지만 더 많은 어제에는 육지에 살았으니, 육지에 대한 향수가 없다면 오히려 이상하지 않은가.

해변 끝에는 야산이 있었다. 계단을 오르니 잡목과 잡풀로 우거진 숲에 한 사람도 지나기 어려운 좁은 산길이 나 있었다. 길을 또 잘못 들었나 싶어 당황했다. 나뭇가지에 올레 리본 외에 다른 리본들도 묶여 있어 더욱 헷갈렸다. 두리번거리며 조심조심 걷는데 사람이 나타났다. 어디선가 갑자기 툭 튀어나온 것처럼 보였다. 십 대 후반에서 이십 대 초반으로 보이는 남자는 헐렁한 점퍼에 청바지를 입었고 배낭을 메고 있지도, 모자를 쓰고 있지도 않았다. 아무리 봐도 올레꾼의 차림새가 아니었다. 이 시간에 청년이 동네 산책을? 그럴 수도 있지만, 대체로 그렇지 않기 때문에 나는 놀라지 않은 척, 못 본 척했다. 청년도 나와 시선을 마주치지 않기로 했는지 잡풀을 유심히 보는 척 하며 고개를 숙였다. 입가에 보일 듯 말 듯한 미소를 짓고 있었다. 날 향한 미소가 아니라면, 그저 아침 산책이 좋아서? 혹은 정신이……? 갑자기 청년이 산비탈을 내려갔다. 청년이 내려간 곳을 눈으로 따라가 보니 내려가지 말라는 안내문이 세워져 있었다.

안 보는 척하며 그가 뭘 하려는지 주시했다. 청년은 두리번거리더니 바다를 향해 찰칵찰칵, 사진을 찍었다. 동네 사람은 아닌가. 혹시 관광객을 가장한……. 생각이 또 제 멋대로 뻗어나갔다. 낯선 곳이나 밤에, 혹은 혼자 있을 때 사람, 특히 남자를 무서워하는 건 열네 살 그날 탓일 수도 있고 공포나 스릴러 영화, 추리 소설을 너무 많이 봐서 그런지도 모르겠다. 아니면 내가 현실 인식이 부족하거나. 어쨌든 이곳은 다른 길이 없는, 유사시 도망가기 힘든 야산이다. 청년이 다른 데 신경 쓰는 틈을 타 서둘러 숲을 빠져나갔다.

숲 아래는 작고 조용한 아름다운 해변이었다. 반원형

의 벼랑이 병풍처럼 펼쳐져 모래에 박혀 있었다. 두 벼랑이 나란히 서 있는 것이 자연이 만들어놓은 방 같았다. 지도에도 없고 이름도 없는 작은 해변은 한적하고 아늑하다 못해 제주에서 조금 떨어진 무인도처럼 보였다. 지금은 파도가 잔잔해 평화로워 보이지만 큰 파도가 밀려오면 해변이 전부 잠길 것만 같다. 내려가지 말라는 안내문이 있는 이유였다.

작은 야산이라 생각했던 잡목과 잡풀이 우거진 숲은 '사근다리(썩은 다리)'라는 이름의 언덕이었다. 오름이라 하기엔 야트막한 이 언덕은 응회암*이 오랜 시간 풍화되고 노랗게 바래 썩은 것처럼 보여 그런 이름이 붙었다고 한다. 아주 오래된, 멀고 먼 시대를 상상하게 하는 색이었다.

반대로 열네 살의 그날은 손에 잡힐 듯 가까운 시간이다. 왜 그런 일이 일어났을까, 누구 때문일까. 어디에 하소연하고 분노해야 하는지 아직도 갈피를 잡지 못했는데 그날로부터 벌써 이십 년이 훌쩍 지났다. 앞으로 이십 년이 지난다 해도 나라는 존재가 얼마나 더 바뀌어 있을지, 내 삶은 얼마나 달라질지 모르겠다.

---

* 화산이 분출할 때 나온 화산재 따위의 물질이 굳어져 만들어진 암석.

모래에 발이 푹푹 빠지는 해변을 걸었다. 날은 덥고 배는 고프고 물집 잡힌 발가락도 쿡쿡 쑤시는데 모래는 따뜻하고 부드러워 보였다. 차라리 신발을 벗고 걷는 게 나을지도 모르겠다. 벼랑 아래에 작은 굴이 있었다. 무서워서 깊숙이 들어가지 못하고 입구의 누게바위* 그늘 아래서 잠시 쉬었다. 주위를 살핀 후 아무도 없는 것을 확인하고 신발을 벗었다. 따뜻한 모래가 발바닥을 부드럽게 안았다. 파도가 찰랑찰랑 밀려왔다 밀려가고 바람이 솔솔 불었다. 도시락 먹기 좋은 장소였다.

배낭을 열어 도시락을 꺼내려는데 아까 그 청년이 걸어오는 것이 보였다. 깜짝 놀라 그대로 동작을 멈추고 청년이 지나가길 기다렸는데, 청년은 내 앞으로 성큼성큼, 똑바로 걸어왔다. 배시시 웃기까지 하면서. 목에 건 여행지킴이 단말기를 만지작거리며 아무렇지 않은 척 먼저 말을 걸었다. 어디서 오셨나요.

청년도 인사를 했다. 놀랍게도 제주에 이사 오기 전 내가 살았던 그 도시에서 왔단다. 이런 무인도 같은 곳에서 살던 도시 이름을 들으니 반갑긴 했지만 경계를 늦출

---

* 누게 대신으로 들어가 비를 피할 수 있게 생긴 바위.

수는 없었다. 청년은 대화를 하면서도 자꾸 내 맨발을 힐끔힐끔 쳐다보았다. 어쩌면 그는 그저 제주에 여행 왔을 뿐이고, 어쩌다 나와 같은 시간에 그 좁은 숲길과 이 해변을 지나 날이 더워서 동굴 그늘에서 쉬고 싶었을 뿐이고, 나처럼 땀나는 신발을 벗고 맨발로 모래를 밟고 싶었을 뿐인지도 모른다.

어떻게 대화를 마무리하고 청년을 보낼까 전전긍긍하고 있는데 마침 또 사람이 오고 있어서 서둘러 불러 세웠다. 안녕하세요! 전형적인 올레꾼 차림을 한 사람이었다. 올레꾼을 처음으로 붙든 것이다. 올레길 가세요?! 높은 어조로 물었다. 남성은 걸음을 멈추고 사람 좋은 미소를 지으며 다가왔다.

“나만 늦게 출발한 게 아니었네요.”

역시 올레꾼이었다. 그제야 안심이 되었다. 때마침 휴대전화가 울렸다. J였다! 나는 두 사람에게 먼저 가라 손짓하고 전화를 받으며 천천히 걸음을 옮겼다.

갑자기 청년을 만나 정신이 없긴 없었나 보다. 걷다 보니 문득 허전한 기분이 들었다. 누게바위 앞에 카메라를 놓고 온 것이다. 인적이 드문 해변이라 큰 걱정은 안 했지만 그래도 안심이 안 되어 뛰려고 했는데 모래가 너무 뜨거워서 발바닥에 화상을 입을 것만 같았다. 신발을 신고 열심히 뛰어갔더니 카메라는 그 자리에 그대로 있었다. 그러는 사이 두 사람은 시야에 잡히지 않을 만큼 멀리 갔다. 비로소 느긋하게 걸을 수 있었다.

낯선 장소에서 마주치는 낯선 이에게 나는 아직 마음을 열 수가 없다. 어쩌면 영영 이 모양으로 살아갈지도 모르겠다. 지구 반대편을 혼자 여행해도 끝내 그곳에서 만나는 사람들에게 마음을 열지 못하고 사람과 세상을 반만 아는 무지 속에 살다 갈지도 모르겠다. 이런 생각을 하면 아랫배가 단단히 뭉칠 정도로 나 자신이 한심해진다. 나는 낯선 이가 두렵다. 아니다, 사람 자체가 두려운 것 같다. 어리석고 못났더라도 어쩔 수 없다. 이게 나니까.

어떤 사람과 함께 여행을 한다는 것은 그 사람의 경험과도 함께 동행하는 것이다. 그러나 나는 아직 나 자신에 대해서도 잘 모른다. 그래서 나를 알아가는 '나만의' 여행을 시작했다. 오로지 '나'와 동행하는 시간인 셈이다. 이 시간을 갖기 위해 아주 많은 걸 버리고 멀리 왔다. 그러니 지금은 낯선 이와 내 시간을 나누고 싶지 않다.

올레길은 용머리 해안으로 가는 숲길로 이어졌다. 용머리 해안은 제주의 자연 중에서도 특히 좋아하는 곳이다. 올레길에서 만나니 더욱 반가웠다. 쉬었다 가기 좋은 바위가 있길래 늦은 점심을 먹었다.

바다를 보며 도시락을 먹는데 어디선가 수십 대의 ATV가 요란한 소리를 내며 달려오더니 먼지를 일으키며 지나갔다. 이제 그만 오는가 싶으면 또 나타나고 또 나타났다. 좀 크다 싶은 해변에는 어김없이 ATV가 있다. 하늘과 바다를 들썩이는 굉음과 함께 모래 먼지를 일으키며 바닷가를 들쑤셔 놓는 ATV는 공해다. 타는 사람만 신나는 저들만의 놀이다. 밥이 코로 들어가는지 입으로 들어가는지도 모르게 서둘러 먹고 일어섰다. 용머리 해안에 들르고 싶은데 아직 코스의 절반도 걷지 못해 아쉽지만 지나쳐야 했다.

사계 포구를 지나 해안도로를 걸었다. 해안도로에서 보는 형제섬의 해변은 밝은 모래 빛이었다. 걸어보고 싶은, 유혹적인 색이다. 바람도 잠들어 있을 것 같은 형제섬에서 더 먼 바다를 하염없이 바라보고 싶다. 사계 해안에는 1만 5천 년 전의 돌이 융단처럼 깔려 있었다. 옐로 오커*, 고싸이트**, 번트시에나*** 류의 갈색빛 돌. 제주의 돌은 그냥 까만색이 아니다. 아름답고 신비로운 대지의 색을 품고 있다.

이 해안에는 1만 5천 년 전의 사슴과 코끼리, 사람 발자국도 남아있다. 다양한 화석이 사람 발자국과 같이 나타난 경우는 세계에 없어서 인류 생흔학의 가치를 인정받아 천연기념물로 보호받고 있다. 일몰 무렵 바다를 향해 기다란 코를 좌우로 천천히 흔들며 걷는 커다란 짐승. 바닷물에서 뒹구는 코끼리가 부러운 사슴 떼. 사슴 한 마리라도 잡고 싶은 원시인. 바람이 많이 불어서 사람이 살기 어려웠을 텐데 1만 5천 년 전에는 어땠을까. 나는 석기 시대를 좋아한다. 혹시 내가 그 시대에서 와서 그런 것은 아닐까.

누군가 등 뒤에서 어깨를 툭툭 쳤다. 깜짝 놀라 뒤돌아보니 아까 그 청년이었다.

"우리 저기서 피자 먹고 있는데 같이 드실래요?"

---

* 천연의 흙에 산화철이 주성분인 천연 무기안료로 연한 노란 갈색.
** 침철석. 철 성분을 함유한 광물의 풍화 생성물.
*** 구운 시에나와 같은 어두운 황갈색.

청년은 수줍게 미소 지으며 도로 건너편의 건물을 가리켰다. 나는 5초쯤 망설이다 고개를 끄덕였다. 여기서 거절하면 내가 그들을 경계하고 있다는 걸 들킬 것 같았다. 아직 혼자서 올레길을 걸으며 카페나 식당에 들어간 적이 없다. 걷기 여행길에서 낯선 이와 대화를 나누는 것도 어색하고 함께 걷는 것도 안절부절 못하는데 음식을 먹어야 한다니. 이 상황이 어색하고 어려웠다. 그런데도 거절할 수가 없었다. 거절하는 것이 더 이상해 보일 것 같았다.

얼음이 동동 뜬 아이스커피는 시원했지만 일부러 들러서 먹을 만한 맛은 아니었다. 어떤 대화를 나누었더라, 두 번째 남성, 내가 청년을 피하려고 큰소리로 불러 세운 남자는 사는 곳이 김포라 공항이 가까워 당일치기로 제주에 왔다 했던가, 하룻밤 제주에서 머물다 간다 했던가.

피자집에서 나온 후 우리 셋은 함께 길을 걸었다. 시간은 어느덧 6시를 넘겼고 송악산 둘레길에 일몰이 시작되고 있었다. 놀랄 만큼 아름다웠다. 우리는 절경에 압도되었다. 감탄이 멈추지 않았다. 이곳에서 보는 바다는 유난히 길어 보였다. 금빛으로 반짝이는 바다는 차분히 갈무리되었고 파도는 잔잔하게 산지락의 갯바위를 쓰다듬었다.

표선 해비치에서 본 모래에 드리워진 금빛 석양이 아스라한 기억을 몰고 왔다면, 송악산에서 보는 바다의 일몰은 먼 미래를 상상하게 했다. 부드럽고 안온한 빛으로 감싸인 무의 세계. 내가 규정된 누군가로 살아가지 않아도 되는, 오직 현재만 있는, 매일이 오늘인 그런 세계. 나는 그곳에서 무엇을 하고 있을까. 시간의 흐름이 느껴지지 않는 길고 긴 억겁의 시간 속에서 아마 꿈을 꾸고 있을 것이다. 글을 쓰고 그림을 그리고 길을 걷고 바다와 일몰을 보고 J와 손을 잡고 이 세계에서 저 세계로 날아다닐 수도 있을 것이다. 매일매일.

이것이 내가 바라는 것인가. 과거에 얽매이지 않고 미래를 불안해하지 않는 오늘을 사는 것. 그것은 곧 내가 하고 싶은 일을 하며 사는 것은 아닐까. 그렇다면 오늘부터 나는 내가 하고 싶은 일을 하며 살겠다. 그러면 신도 나를 도울 것이다. 인간의 삶은 너무나 짧기 때문에 신은 인간을 돌본다. 신의 가호 아래 내가 선택하고 바꿀 수 있는 것은 오직 오늘, 현재뿐이다.

송악산을 내려오니 날이 어두워졌다. 김포 사는 남자

가 오늘은 그만 걷자고, 커피나 한 잔 더 하고 택시를 불러 같이 제주시로 넘어가자고 제안했다.

송악산 입구에는 스타벅스가 있다. 그곳에서 그토록 경계했던 청년에 대해 조금이나마 알 수 있었다. 얼굴이 동글동글해 어려보였던 청년은 서른한 살의 취업 준비생이었다. 시간이 나서 혼자 여행 온 것이라는 그는 군대 가기 전에 친구들과 제주에서 자전거 여행을 한 추억이 있는데, 그때 송악산이 가장 인상 깊었어서 다시 와 보고 싶었단다. 카페에 흐르는 음악에 맞춰 눈을 감고 고개를 까닥거리는 청년은 순해 보였다. 이런 청년을 경계하고 의심했다니.

시간 가는 줄 모르고 이야기를 나눴다. 청년이 제주시로 돌아갈 버스를 열심히 알아봐 주었지만 버스는 이미 끊겼다. 돌아갈 방법조차 생각하지 않고 느긋해질 수 있었다니, 지금 생각해 봐도 신기한 일이다. 청년은 숙소가 우리가 처음 만났던 사근다리 언덕이 있는 마을이라며 택시를 타고 가겠다 했다. 나와 김포 남자도 택시를 불러 제주 공항까지 함께 갔다. 택시비 4만 원을 남자가 다 내겠다고 했지만 2만 원을 건네주었다. 제주 공항에서 집으로 가는 버스를 탔는데 10분 쯤 지나 이상한 느낌이 들어 확인해 보니 집과 반대 방향으로 가고 있었다. 나는 정말 구제불능 방향치다. 어서 집에 가서 쉬고 싶은 마음뿐이라 할 수 없이 또 택시를 타고 집으로 갔다.

다음날은 집에서 일찍 나섰다. 송악산에 다시 도착했다. 어김없이 올레길을 찾지 못하고 헤매다 한라봉을 파는 노점상에게 길을 물었다.

송악산 둘레길 한 바퀴 걸으면 어디가 나오는 거죠?

노점상은 머리를 갸우뚱했다. 올레길을 아느냐고 물었더니 아하, 하며 친절하게 가르쳐주었다. 어제 송악산 일몰에 빠져 그토록 감동 받고 둘레길을 한 바퀴 걸어 내려오는 길에 체육 시설까지 눈여겨 봐놓고는 알고 보니 같은 길을 헤매고 있었다.

섯알오름에 오르려는데 수학여행 온 여고생들이 단체로 내려오고 있었다. 어떤 아이가 힘들다며 투덜댔다. 섯알오름은 평지처럼 낮아서 힘들지 않았을 텐데. 그래, 수학여행이란 건 그냥 힘든 거다.

섯알오름에는 일제 잔재인 고사포 진지가 구멍이 뚫

린 채 흉하게 드러나 있었다. 일제 강점기 때 전투기가 뜨고 내리던 알뜨르 비행장에는 청보리가 자라고 있었고 바람이 몹시 불었다. 4·3 항쟁 현장에는 검붉은 구덩이가 역사적 의미가 있는 곳으로 보존되고 있었다.

과거에 얽매이지 않는 것과 역사를 바로잡는 것은 다르다. 지나간 아픈 역사에 함몰되지 않으려면 드러난 사실을 있는 그대로 직시할 수 있어야 한다. 또한 과거를 지나 오늘을 사는 나의 분명한 가치를 알고 있어야 한다.

나 또한 잃어버린 것에 얽매이지 않기로 했다. 잃어버린 것에는 이유가 있다. 그 이유는 지금은 알 수 없고 앞으로도 알 수 없을 수도 있지만, 나를 위한 선한 이유이리라. 존재의 이유가 있다면 상실의 이유도 있는 법이니까.

3부

너에게

사람은 이상하다

10-1코스

가파도

제주에서 살기로 했을 때 가장 마음에 걸린 건 엄마였다. 원래 살던 곳에서 쌓아놓은 이력이나 경력, 경제력은 이미 감수하고 내린 결정이었으니 문제되지 않았다. J나 나나 고향 없이 타지에서 살고 있었기에 가족이나 친지와 자주 왕래하며 살지 않았고, 하루라도 안 보면 섭섭할 지인이나 친구, 평생 함께할 동아리나 모임도 없었기에 정리할 관계도 없었다. 유일하게 걱정되는 건 엄마가 우리와 같은 도시에서 살고 있었다.

예상대로 엄마는 우리 앞에서는 담담하더니 5개월 동안 밤잠을 이루지 못했다고 한다. 내가 제주에 온 이후로 엄마는 예전과 다르게 자주 문자를 보냈다. 보고 싶다, 사랑한다며 감정 표현을 한다. 엄마답지 않아서 처음에는 당황했다. 내 생각보다 훨씬 더, 엄마는 우리 부부와 멀리 떨어져 사는 것을 힘들어했다.

열네 살부터 떨어져 살게 된 엄마와 나는 살가운 모녀 관계가 아니었다. 세상에서 가장 나를 모르고 이해해 주지 않는 사람이 엄마라고, 그렇게 생각해 왔다.

다리 연골 수술을 앞둔 엄마에게 수술 전에 한 달 동안 제주에 와서 지내라고 권유했다. 우리가 떠나자 직장을 퇴직한 엄마는 처음으로 혼자서 비행기를 타고 제주에 왔다.

엄마가 제주에 도착하고 나서야 엄마와 어떻게 지낼지 계획해 두지 않은 것을 알았다. 한 달……. 나는 열네 살 이후로 엄마와 드문드문 살았고 엄마는 내 집에서 하룻밤도 머문 적이 없었는데. 엄마가 제주에 온 첫날 밤, 나는 잠을 설쳐가며 제주 여행 관련 책들과 팜플렛을 뒤적였지만 올레길만 자꾸 아른거렸다. 엄마가 올레길을 걸을 수 있을까. 엄마와 함께 걷기 여행을 할 수 있을까.

엄마가 잘 걷는 사람인 건 알고 있다. 엄마는 가볍고 빠르게, 언제나 나를 앞서 걷는다. 함께 밥을 먹을 때도 외식을 할 때도 항상 먼저 먹고 일어선다. 엄마가 나를 기다린 기억도, 엄마와 마주 보거나 함께 앉거나 나란히 서거나 걸어본 기억도 없다. 엄마를 안거나 서로의 손을 잡아본 적도 없다. 기억나지 않는 유아 시절에는 있었을지도 모르겠지만. 엄마는 나를 차갑고 냉정한 사람이라고 하는데, 내가 세상 모든 사람의 손을 잡을 수 있지만 엄마 손을 잡는 것만 어색하다는 것을 엄마가 모를 뿐이다.

청보리의 계절이다. 풋풋한 청보리가 파도처럼 넘실대는 작은 섬 가파도를 엄마와 함께 걷기로 했다. 다리 아픈 엄마도 걸을 수 있는 평탄한 길과 짧은 거리, 그러면서도 아름다운 올레길을 고르니 가파도가 떠올랐다. 엄마와 단 둘이 떠나는 첫 여행이었다.

모슬포 버스 정류장에서 항구까지 걸어가는 데만 15분이 걸려 11시 배를 놓치고 말았다. 엄마가 짜증낼 줄 알았는데, 집을 나설 때부터 들떠 있던 엄마는 괜찮다고 했다. 다행히 1시 배가 있어 두 시간만 기다리면 되었다. 내

일부터 열릴 가파도 청보리 축제로 배편이 증설된 덕분이다. 내일이면 관광객이 더 많을 테니 오늘 가파도에 들어가면 조금이나마 한적할 수 있다는 것도 미리 계산해 두었다.

점심은 가파도에서 먹기로 하고 두 시간을 기다릴 장소로 카페를 찾아갔다. 엄마는 한 자리에 오래 있지 못하는 데다 카페를 싫어한다. 카페와 같은 조용하고 '반듯한' 공간을 답답해했다. 그런 엄마가 오늘은 어쩐 일인지 아메리카노를 마시며 가파도행 배를 묵묵히 기다렸다. 한 시간이 지나니 답답해졌는지 슬슬 일어나자고 하긴 했지만 말이다.

다시 모슬포항에 가니 사람이 많았다. 햇살 좋은 봄날의 항구는 청보리 섬에 가려는 들뜬 사람들로 북적거렸다. 가파도 들어가는 배는 심하게 출렁거려 10분도 안 돼서 멀미가 났다. 파도가 더해지고 더해져서 가파도라는 이름이 붙었다는데, 본섬에서 겨우 5킬로미터 떨어져 있는데도 뱃길이 사나웠다. 본섬과 가파도 사이의 바다는 거센 조류 해역으로 날씨가 좋지 않으면 배를 운항하지 않는다고 한다. 오늘은 바람이 없어 다행이었다.

포구에 내리자마자 간세부터 찾았다. 아무리 짧은 거리여도 올레길을 걸으려면 올레 표시를 잘 살펴야 한다. 지도에는 올레길이 상동 포구에서 할망당으로 이어진다고 나와있는데 정작 간세 머리는 반대 길로 향하고 있었다. 시작부터 우왕좌왕해서 엄마 눈치가 보였다. 당장이라도 "그러니까 올레길 같은 걸 왜 건냐?" 하고 핀잔이 날아올 것만 같았다.

엄마는 내가 하는 모든 것을 말렸다. 인형놀이를 해도, 친구들에게 편지를 써도, 그림을 그려도. 심지어 책 읽는 것도 못하게 했다. 지금도 뭘 하고 싶을 때마다 엄마 눈치부터 보게 된다. 엄마가 어떻게 생각할까, 엄마가 핀잔주지 않을까, 무시하지 않을까. 연애를 하고 결혼을 하고 이사를 할 때도, 대학원에 진학할 때도 엄마는 늘 "그런 걸 왜 하냐"며 못마땅해했다. 그래서 가끔씩 엄마에게서 멀리, 멀리 떠나고 싶었다.

우리는 배가 무척이나 고팠는데 식사를 하려 했던 식당을 찾을 수가 없었다. 결국 선착장 근처 식당에서 밥을 먹기로 했다. 식당은 손님들로 북적였다. 엄마와 만나면 항상 칼국수를 먹는다. 오늘은 성게 칼국수와 보말* 칼국수를 주문해 골고루 먹어보기로 했다. 성게 칼국수는 바다 냄새가 났고, 보말 칼국수는 진한 국물에 쫄깃한 보말이 씹혔다.

가파도는 제주도의 다섯 개 부속 섬 중 하나다. 조선시대 중기까지는 무인도였으나 국유 목장으로 조성되면서 사람이 살기 시작했다. 해안선의 전체 길이는 4.2킬로미터로 걸어서 한 바퀴를 도는 데 두 시간이 채 걸리지 않는다. 고도가 낮고 평평하여 섬 어디에서도 전체가 한눈에 들어오는, 가오리를 닮은 납작한 섬이다. 가파도 올레길은 5킬로미터 길이로 올레길 전체 코스 중 가장 짧다.

4월의 가파도는 연두와 초록의 파스텔 색상으로 물들어 있었다. 봄날을 그린 수채화 같은 색이었다. 청보리 물결로 섬 전체가 출렁여 상큼하고 싱그러웠다. 봄바람이 건듯 부는 청보리밭 사잇길을 걸으면 나에게도 초록물이 들 것만 같았다. 길을 걷는 사람들의 모습이 마치 영화 속 한 장면처럼 보였다.

앞서 걷는 엄마의 뒷모습이 낯설었다. 나는 지금까지

---

* 바다 고둥을 뜻하는 제주어.

여유롭고 느긋하게 걷는 엄마를 본 적이 없다. 60대 초반의 나이, 나잇살이 붙었고 부실한 연골 때문에 다리를 절뚝거렸지만 청보리 사잇길을 걷는 엄마는 그 어느 때보다 편안해 보였다. 엄마가 여행을 좋아하는 줄은 몰랐다. 엄마도 지금의 나처럼 무조건 걷고 싶었던 적이 있었을까. 백날 천날 여행자로 살고 싶었던 적은?

나는 엄마에 대해서 얼마나 알고 있을까. 내게 엄마는 이상한 사람이다. J에게 왜 나를 좋아하느냐 물었더니 내가 이상해서 좋단다. 나는 왜 이상한 엄마를 이해하지 못했을까.

일몰의 하늘을 보며 체념했던 열네 살의 그 봄날, 나는 마음속으로 엄마를 부르고 또 부르며 낯선 아저씨 따라 같은 동네를 맴돌았다. 산비탈에 뛰어들어 굴러 떨어지면서 이대로 죽을 수도 있겠다고 생각했던 그때도 엄마를 불렀다. 하지만 나는 알고 있었다. 아무리 엄마를 불러도 엄마는 집에 없다는 것을. 얼마 전부터 나와 동생은 아빠와 살고 엄마는 같은 동네에서 따로 살고 있었으니까. 부모님이 헤어졌던 그날, 내 세계는 금이 갔고 나는 앞으로 잘 살 수 없을 것임을 예감했다. 그날부터 줄곧 엄마를 원망했다. 삶에 브레이크가 걸릴 때마다 엄마 탓을 하며 그 꼴로 살았다.

청보리는 제주 어디에나 있지만 가파도가 특별한 데에는 몇 가지 이유가 있다. 먼저 납작한 작은 섬이 온통 청보리로 출렁이는 풍경이 환상적이다. 파란 하늘 아래 깊고 푸른 바다와 청보리 너머로 보이는 본섬의 오름들이 펼치는 능선의 향연, 깎아지른 벼랑이 그대로 드러난 밥사발 모양의 산방산과 물결을 이루는 송악산 그리고 그 모든 풍경을 아우르는, 반쯤 구름에 가려 하늘에 떠 있는 것처럼 보이는 한라산까지. 합성 사진처럼 비현실적이다. 또 해안가에 옹기종기 모여 있는 가파도의 농가들이 있다. 산뜻한 주홍색 지붕을 인 작은 집들은 영화 세트장처럼 보인다. 지붕 낮은 집들은 까만 돌담으로 둘러싸여 있고 마당 한 귀퉁이에는 우영팟(작은 텃밭)이 있다.

가파도 사람들은 무덤을 밭에 만든다. 무덤 주위에 산담을 두르고 꽃나무를 심는다. 멀리서 보면 작은 꽃밭처럼 보인다. 삶과 죽음의 공간이 공존하고, 일상과 비일상의 경계가 없다. 왜 밭 가운데 묘를 쓰는 걸까. 조상의 은덕과 보살핌으로 농작물이 풍요롭기를 바라는 마음과 조상을 가까이 모시고자 하는 정성에서 나온 결과가 아닐까.

"청보리 참 곱다. 구름도 예쁘고."

엄마가 '곱다' '예쁘다'란 단어를 쓰는 것이 낯설게 들렸다. 오랫동안 일만 하다 처음으로 휴식의 시간이 찾아와서인지 가파도에서의 엄마는 평소와 다른 모습이었다. 청보리처럼 유연하고 바람처럼 자유로웠다. 걸음을 재촉하지 않았고 내 말을 가만히 들어주었다.

엄마, 바람 참 좋지? 난 다음에 저런 까만 돌담을 두른 집에서 살고 싶어.

"나는 꽃밭이 있는 집이었으면 좋겠어."

엄마, 꽃 좋아해?

"꽃 싫어하는 사람도 있니?"

나는 꽃 싫어하진 않지만 좋은지도 모르겠는데.

"그래? 이상하네. 꽃 너무 예쁘잖아."

엄마에게 한번도 '우리 딸 예쁘다'란 소리를 들어본 적 없었지만 꽃을 시샘하진 않았다. 오히려 꽃을 다시 보게 되었다. 꽃이 정말 예쁘다는 것을 새롭게 알게 된 느낌이었다.

"나는 죽으면 새가 되고 싶어."

나는 나무.

"나무? 나무도 좋지. 근데 나는 아무 데나 날아다닐 수 있는 새가 되고 싶어."

나는 아무 데도 안 가도 되는 나무가 돼서 한 곳에 뿌리 내리고 살고 싶어.

"그래? 하여튼 너는 참 이상해."

다음 생애에 그러고 싶다고. 이 생애에서는 어디든 갈 거야.

"이렇게 멀리 왔는데 또?"

응, 더 멀리. 전 세계 어디든 가 보고 싶어. 이거 역마살인가?

"옛날에야 역마살이라고 했지, 요즘 사람들은 역마살 있어야 출세해. 도화살이 있어야 유명해지고. 너는 역마살, 도화살 다 있으니까 너 하고 싶은 대로 다 하고 살 거야."

아직 안 늦었을까?

"늦긴 뭐가 늦어. 이제 곧 너한테 십 년 대운이 들어올 거야."

생각해 보니 엄마는 늘 내게 희망적인 말만 해줬다. 걱정 마, 기다려 봐, 괜찮아질 거야, 잘 될 거야. 나는 엄마에게 어떤 말을 주로 했을까.

실은 엄마와 살아가는 얘기 말고 서로의 기호나 취향, 속마음에 대해 얘기를 나눈 적이 없다. 내가 차갑고 까칠하기만 한 딸이 아닌, 예민하고 섬세한 감성을 지닌 사람임을 엄마는 이제야 알게 된 것 같다. 세상엔 강하지만 정에는 여린 사람이란 것도.

엄마와 함께 걸으며 대화를 나누다 보니 문득 그런 생각이 들었다. 부모는 자식을 낳고 싶었지만 '나'를 낳고 싶었던 것은 아니었을지 모른다. 사실은 부모가 나를 선택한 것이 아니라 내가 부모를 선택해 세상에 나온 것은 아닐까. 내가 지금 이 세상에 이 모습으로 살고 있는 건 부모도 신도 아닌 나의 선택인 것이다.

지금 내가 삶을 살기 위해서는 과거의 내가 있어야 한다. 내가 평범하게 살았다면 지금의 나는 없었을 것이다. 평범한 사람은 바람에 흔들리지만 어떤 사람은 바람을 일으킨다. 나는 바람에 휘둘리는 삶이 아닌 나 스스로 새로운 바람을 만들어가는 삶을 살고 싶다.

왜 엄마와 진작 여행을 하지 않았을까. 제주에 오기 전, 처음으로 엄마와 둘이서 영화 〈국제시장〉을 봤다. 우리는 어깨를 나란히 하고 앉아서 처음부터 끝까지 펑펑 울었다. 너무 울어서 눈이 퉁퉁 부었고 서로의 부은 눈을 보며 웃었다. 엄마와 나는 같은 장면에서 울고 웃었다. 영화를 보고 나와서도 계속해서 영화에 대해 얘기했다. 엄마와 내가 대동단결해 한 주제에 대해 극찬하고 시간 가는 줄 모르고 대화를 나눈 적은 그때가 처음이었다. 그리고 꽃과 나무, 새와 바람과 같은 비일상에 관한 얘기를 처음 주고받은 것은 오늘, 둘이 함께한 첫 여행에서다.

사람은 모두 이상하다. 모든 사람이 이상한 건 모든 부모가 이상하기 때문이다. 그리고 모든 부모가 이상한 건 태초의 부모가 이상하기 때문이다. 부끄러움을 알게 되었기 때문에, 신의 세계에서 쫓겨났기 때문에, 불멸할 수 없기 때문에 모든 자식들은 태초의 부모를 원망한다. 인간이 완전하지 못한 것은 어쩌면 신의 계획일지도 모르겠다. 신은 인간에게 개입하고 돕고 싶어 한다. 그래야 신의 존재가 드러나고 인간이 신을 찾을 테니까. 그것이 신의 계획이라면 나는 태어났다는 것과 태어나 제대로 걷고 말하고 배우고 무언가를 사랑할 수 있을 때까지 살 수 있도록 잉태하고 낳고 키워준 부모에게 감사하다. 대소변을 받아주고 살이 붙고 뼈가 여물도록 어린 나의 요람을 보살펴주었음에 감사하다.

엄마와 한 집에서 제대로 산 세월이 10년도 채 되지 않는다는 사실을 최근에야 알았다. 돌 무렵부터 다섯 살까지는 외가에서 자랐고 열네 살부터는 드문드문 함께 살았으니 말이다. 엄마에게는 엄마만의 사정이 있었을 테니까 내 사정을 앞세워 엄마를 원망하지도, 왜 그랬는지 묻지도 않으려 한다.

아픈 다리에 무리가 갔을 텐데 엄마는 가파도를 한 바퀴 도는 동안 한 번도 아프다 소리를 하지 않았다. 우리는 청보리에 취해 아무 말 없이 보리밭 사잇길을 함께 걸었다. 청보리 물결 속을 천천히 걷는 엄마의 뒷모습이 낯설고도 울컥, 해서 나는 엄마의 사진을 찍고 또 찍었다.

별처럼 반짝이는

11코스

모슬포

|

무릉

정상에 돔을 얹은 모슬봉을 마주 보며 마늘밭 농로 사잇길을 걸었다. 톡 쏘는 마늘 향이 끝없이 이어졌다. 날이 더운데 모슬봉 오르는 길은 나무가 없는 데다 시멘트 포장도로여서 발까지 아팠다.

모슬봉은 오름 전체가 공동묘지다. 낡은 비석과 까만 돌로 산담을 두른 무덤, 일그러진 동자석, 나무 아래 잡풀과 낙엽에 묻혀 반만 보이는, 글자가 지워진 묘비. 처음부터 나무 아래 묘를 쓴 것인지 반듯한 땅에 묻었는데 나무가 자란 것인지는 알 수 없었지만 아무도 돌보지 않는 묘임에는 분명했다.

중간 지점 스탬프는 모슬봉 정상에 있었다. 크고 작은 무덤들 아래로 질서 있게 구획이 나뉜 밭이 연두, 초록, 갈색 계열의 고운 색을 띠고 있었고 산방산이 드넓은 들판에 우뚝 솟아있었다. 무덤을 내려다보며 쉬는 것이 좀 그래서 그냥 갈까 했는데 바람이 발걸음을 붙잡았다. 들판과 마을, 무덤을 바라보며 멍하니 앉아 있는데 누군가 불쑥 올라왔다. 왜 오름에서는 올라오는 사람이 갑자기 솟아난 것처럼 보이는 걸까. 차림새를 보니 동네 아저씨가 산책 나온 것 같았다. 먼저 인사를 드렸더니 "왜 혼자 다녀요?" 라고 물어왔다. 올레길을 걸으며 마을 사람들에게 가장 많이 듣는 소리다.

모슬봉을 내려와서도 마늘밭은 줄기차게 이어졌다. 우리나라 마늘 생산량의 30퍼센트가 제주에서 나는데, 특히 이곳 대정 마늘이 유명하다. 마늘밭을 걷다 또 공동묘지를 만났다. 밭 가운데 긴 묵주를 늘어뜨리고 두 손을 모은 하얀 마리아상이 세워져 있었다. 그 옆에는 나무 십자가에 못 박힌 예수님이 높이 달려있었다. 아무도 없는 바람 부는 황량한 들판에 서 있는 마리아와 예수. 왜 이런 곳에 있는지 안내문은 없었다. 몸을 낮추고 발걸음을 조심히 하며 지나갔다.

얼마쯤 가자 키가 큰 야자수가 일렬로 마주 보는 잘 정비된 공원으로 길이 이어졌다. 길에 아기를 안고 쪽진 머리에 비녀를 꽂은 젊은 여인의 조각상이 세워져 있었다. 안쪽에는 무덤 한 기가 있었다. 묘의 주인은 정난주 마리아. 정난주가 누구길래 들판에 천주교 성지가 세워진 것인지 궁금했는데, 입구에 안내문이 있었다.

1801년, 제주로 귀양살이하러 가던 정난주에게는 두 살 난 아들이 있었다. 아들의 이름은 황경한이었다. 정난주는 제주에 도착하기 전 경한을 당시 전라도 관할이었던 추자도에 내려놓고 관원들에게는 아들을 수장했다고 말했다. 아들을 죽었다 말할 수밖에 없었던 어미, 척박한 섬에 아들을 버려두고 갈 수밖에 없었던 어미는 애간장이 끊고 천지가 뒤집히는 심정이었겠지만 제주로 들어가면 죽을 목숨이니 작은 섬 추자도에 아들의 운명을 맡길 수밖에 없었다. 정난주의 숙부는 조선시대 당대 최고의 실학자 정약용, 정약전이다. 또한 정난주의 남편 황사영은 17세에

장원급제하여 정조대왕에게 총애를 받은 귀재였으나 신유박해 때 대역죄인으로 몰려 능지처참 당했다. 천주교인이었던 정난주도 체포당해 제주도로 귀양 보내졌다.

그 후 황경한은 추자도 어부 오 씨에게 구조되어 키워졌다. 성장한 경한은 추자도에서 가족을 이루고 살다 추자도에 묻혔다. 정난주는 제주도 대정에서 관노로 살며 한평생 주민들을 교화시키고 베풀며 살아갔다. 정난주와 아들 황경한, 그들은 만난 적이 있을까. 정난주가 관노 신분이라 지역을 벗어날 수 없는 데다 제주와 추자도 사이의 바닷길이 험해 아마도 살아생전 한 번도 만나지 못했을 것이다.

그들의 사연이 이미 잘 알고 있었던 것처럼 파노라마로 스쳐 지나가 한동안 가슴이 먹먹했다. 명망 높은 양반가문의 딸로 태어나 남편을 가혹한 형벌로 잃고 귀양 가다 죽는 일이 태반이었다는 머나먼 섬 제주로 가는 길에 어린 아들과 생이별한 정난주. 그 이후로도 한평생 낯선 땅에서 천한 신분으로 살아야 했던 그에게 삶은 무엇이었을까.

추모비가 세워지고 성지 순례지로 단장된 정난주의

묘소는 살아생전 그가 어떤 삶을 살았을지 짐작하게 한다. 학문과 종교, 세상 섭리에 무지했던 제주인들을 도우며 평생 헌신했던 정난주에게는 살아있는 자체가 삶을 살아가는 이유가 되었을 것이다. 모든 것을 잃었지만 자기 자신은 잃지 않고 끝까지 깨달은 자의 소명을 다하다 죽었기에.

백 년 전까지 전라도에 소속되어 있었던 제주 부속섬 추자도는 올레길 18-1코스로 소개되면서 사람들에게 알려지게 되었다. 그곳에 황경한의 묘가 있다. 내가 얼마나 더 이 길을 걸을지는 모르겠지만, 추자도에는 꼭 가 보고 싶다. 걸어서 황경한의 묘를 만나 그에게 이곳의 바람을 전해주고 싶다.

정난주 묘소에서 나와 터벅터벅 걷다 제주 올레 안내문과 맞닥뜨렸다. 오후 4시 이후 곶자왈 진입 금지. 시간은 이미 4시가 넘었다. 도로까지 되돌아가서 라면을 끓여주는 편의점에 들어갔다. 시골 구멍가게 같은 작은 편의점 한쪽 벽장에는 라면이 가득 채워져 있었다. 주인이 계란을 넣을 거냐고 물어서 넣어달라 했다. 테이블 맞은편 벽에는 올레꾼들이 쓴 방명록이 빼곡히 붙어있었다.

아내와 함께 걷는 올레 – 돌아보면 아내가, 또 돌아보면 아내가……. 세월이 엄청 흘러 돌아보면……. 이 시간 영원하여라.

J 생각이 났다. 라면을 먹으며 편의점 주인아주머니에게 곶자왈에 대해 물어보니 전혀 무섭지 않은 숲이고 너무 좋은 곳이라며 지금 가도 늦지 않으니 가보란다. 환한 대낮에도 자꾸 길을 잃는 나 같은 길치는 날이 어두워지면 캄캄한 숲에서 길 표시도 찾지 못할 게 분명하다. 아쉽지만 오늘은 라면만 먹고 곶자왈을 빙 둘러가기로 했다.

곶자왈을 우회하여 무릉 사거리까지 2킬로미터 남짓 걸으니 곶자왈의 출구가 보였다. 슬쩍 봐도 잡목과 덩굴이 이리저리 엉켜있는 캄캄한 숲이었다. 공동묘지와 정난주 묘소를 지나온 터라 스산한 기분이 더해졌다.

다 걸었나 싶었는데 종점까지는 2킬로미터가 더 남았다. 다리가 아프고 몸은 축축 늘어지는데 마늘밭은 여전히 끝도 없이 이어졌다. 밭에서 한 아주머니가 비닐 포대를 반으로 접어 배낭처럼 끈을 단 가방을 등에 메고 마늘종을 따고 있었다. 저 많은 마늘종을 일일이 손으로 따다니.

종점 무릉 생태 학교에 도착했다. 잔디 깔린 운동장에

이색적인 조각상들이 서 있었는데 날이 어두워 자세히 볼 여유가 없었다. 종점 스탬프도 찍었으니 이제 버스 정류장을 찾아야 했다. 그런데 안내표가 알쏭달쏭하다. 제주 올레에서 친절히 지도도 붙여놓았는데 아무리 봐도 모르겠다. 확실한 것은 온 길로 되돌아가 큰 도로로 나가야 버스 정류장이 있다는 것이었다. 다시 2킬로미터를 걸어야 했다. 곶자왈에 들어가지 않았더니 6킬로미터를 더 걷게 된 셈이다.

터덜터덜 지친 다리를 끌고 되돌아갔지만 버스 정류장 찾기는 쉽지 않았다. 경운기에 앉아 쉬고 계시는 할머니, 할아버지에게 제주시 가는 버스 정류장을 물어보니 엄청나게 자세히 가르쳐주셨지만 무슨 말인지 알아들을 수가 없었다. 할머니가 가리킨 방향으로 일단 걸었다.

지칠 대로 지칠 무렵, 자가용이 옆에 스윽 서더니 어디까지 가느냐며 타란다. 절대 안 타려 했는데 조수석에 여자가 앉아 있고 내가 처할 수 있는 여러 상황을 생각하기엔 너무 지쳐서 될 대로 되라는 심정으로 차에 올랐다.

“나 혼자 있으면 그냥 지나갔을 텐데 마침 우리 형수님이 계셔서 타라고 했어요. 지난번에도 어떤 아가씨가 날 어두운데 혼자 걷고 있길래 타라 했더니 화를 내더라고요."

운전하던 남자가 말했다. 조수석에 앉아 있던 여자도 말했다.

"이런 데 혼자 걸으면 안 돼요. 동네 사람들도 날 어두워지면 여기 안 다녀요. 얼마나 깜깜한데요."

무서운 장소를 잔뜩 지났는데 이런 말을 들으니 차에 오른 것이 안심되었다.

"제주도 차량은 안심하고 타도 돼요. 제주도 사람들 착해요."

그분들의 친절 덕분에 모슬포항에 무사히 도착할 수 있었다.

다음날, 날이 어두워 들어갈 수 없었던 곶자왈에 J와 함께 갔다. 4시 이후에는 진입 금지이지만 어쩌다 보니 어제보다 더 늦은 시간에 도착했다. 일찍 들어가고 싶었지만 송악산의 감동을 J에게도 알려주고 싶어서 들렀다 오느라 늦었다. J와 함께이니 괜찮을 줄 알았다.

J는 올레길이 무서우면 얼마나 무섭겠느냐며 자기가

있으니 걱정 말란다. 떠들고 장난치며 곶자왈에 들어선 J는 제주 수석을 찾아보겠다며 곶자왈의 울퉁불퉁한 돌을 열심히 쳐다보기도 했다. 난대림의 잡목과 잡풀, 양치식물로 뒤덮인 곶자왈은 들어갈수록 점점 더 어두워졌다. 통신 불량 구간, 경찰 순회 구간 안내문을 보더니 J는 말이 없어졌다.

오름의 화산 활동으로 이루어진 용암 숲 곶자왈은 야생 원시림이 숨 쉬는 아름답고 신비로운 숲이다. 나는 단박에 난생 처음 본 야생 숲의 매력에 빠져버렸지만 나무와 덩굴이 이리저리 얽히고 설킨 숲이 무섭기도 했다. 구불구불한 가지를 여기저기로 뻗은 빽빽이 자란 잡목들이 당장이라도 꿈틀거리며 내 발목을 붙잡을 것 같았고 온갖 생명이 낙엽 아래, 돌 틈, 나무 등걸에 붙어서 우리를 지켜보고 있는 것만 같았다. 곶자왈에는 뱀과 살인 진드기가 있으니 조심하라는 안내문을 본 후로는 타란툴라와 같은 대왕 거미도 어딘가 숨어 있을 것 같았고 독충과 날벌레가 당장이라도 날아와 시야를 가릴 것만 같았다. 게다가 삐죽빼죽한 돌덩어리 길이어서 자칭 평발이라는 J는 툭하면 돌부리에 걸려 기우뚱, 중심을 잃었다.

가뜩이나 어두컴컴한 숲에 날까지 어두워지는데 길을 잃었다. 갑자기 깊은 숲에 이상야릇한 집이 나타났다. 녹슨 냉장고와 폐자재, 때가 잔뜩 낀 이불이 뒤엉켜있고 고물과 폐품이 아무렇게나 쌓여 있는, 낡고 헤진 거적때기가 깔린 집이었다. 어디서부터 길을 잃었는지 알 수가 없었다. J는 허둥대기 시작했다. 우거진 나무와 덩굴이 길게 그림자를 드리웠다. 여자는 사람 때문에 무서운데 남자는 왜 무서운 거냐고 J에게 물었다.

"자연의 기에 눌려 무서운 거지."

굵고 단단한 뿌리를 땅 위로 드러내고 돌을 꽉 움켜쥐며 살아가는 나무는 무시무시해 보였다. J의 말처럼 오직 살기 위해 존재하는 생명이 뿜어내는 기는 강렬했다. 어떤 나무는 한 뿌리에서 여러 줄기가 나와 빛을 향해 이리저리 뻗어나가 있었다. 한 뿌리가 맞는 건지 한줌밖에 안 되는 땅에 여러 나무가 뿌리를 내린 건지 알 수 없을 정도였다. 나무를 칭칭 옭아맨 작은 덩굴과 콩난은 싱싱해 보였다. 까만 돌덩어리마다 이끼가 수북이 덮여있었다. 원시 양치류 고사리는 숲을 가득 메우며 탐욕스럽게 자라고 있었고 손톱보다 작은 야생화는 한줌 빛이 내리는 곳에

연약한 뿌리를 내렸다. 곶자왈은 흙이 없는 돌덩어리 땅에서 살아가는 생명들의 치열한 삶의 현장이었다. 저마다의 생존을 위해 있는 힘을 다해 굳건하고 가열차게 살아가고 있었다. 강한 것과 약한 것이 한데 엉켜 오직 생존을 위한 세계를 이루고 있었다.

앞서가던 J가 뒤돌며 말했다.

"잘 따라오고 있어? 조심해."

난 잘 가고 있어. 자기나 조심해. 발을 좀 높이 들고 걸어. 왜 자꾸 돌에 걸려. 그러다 넘어지면 크게 다칠 수도 있어.

"나 원래 그래. 무릎이 안 굽혀져."

그러면 땅을 잘 보고 걸어. 참, 나 어제 요 앞 편의점에서 라면 먹으면서 이상한 글귀를 봤거든? 돌아보면 아내가, 돌아보면 아내가 점점점(…). 점점점 뒤는 뭘 것 같아?

"돌아보면 아내가 사라졌다고?"

그래! 아직도 내가 나로 보이냐?

바스락. 누군가 수북이 쌓인 바짝 마른 낙엽을 밟는 소리가 들려서 둘 다 깜짝 놀라 멈췄다. 어떤 짐승인지는 알 수 없었다.

"야, 여기는 남자도 절대 혼자 들어오면 안 되겠다. 뭐 이런 데로 올레길을 냈냐."

난 재밌기만 한데. 혼자 있었다면 죽을 만큼 무서웠겠지만 J와 함께 있으니 놀이를 하듯 재밌다. 흠칫흠칫 놀라는 J의 모습이 웃기면서도 씩씩하게 앞장서 가는 것이 좋았다.

뱀처럼 구불구불한 나뭇가지가 허공에 갈지자를 그리며 어지럽게 꼬인 숲으로 점점 더 깊이 들어갔다. 나뭇잎 사이로 빛이 떨어져 내리는 공터가 나왔다. 우리가 찾던 올레 리본이 매달려 있어 금방 숲에서 벗어날 줄 알고 좋아했는데 '정글 입구'라는 안내문이 붙어 있었다. J가 우스꽝스러운 표정으로 좌절했다.

"정글이 이제 시작이래!"

그 후로도 우리 둘은 오랫동안 곶자왈에서 헤맸다. 겨우 빠져나오니 저녁 8시였다. 바람이 불고 하늘엔 창백한 조각달이 떠 있었다. 혼자라면 낯선 곳에서 절대로 있을 수 없는 시간이다. J도 첫 곶자왈 경험에 혼이 빠진 기색이었다.

곶자왈은 정말 무서운 숲이었을까. 돌아와서도 내내

곶자왈 생각이 머릿속을 떠나지 않았다. 들어간 게 늦은 오후라서 그런 건 아니었을까. 환한 대낮에 들어갔다면 무섭지 않았을지도 모른다. 나는 신비로운 곶자왈에 빠져버렸다. 두려움과 매력을 동시에 느낀다는 건 이상한 감정이었다.

곶자왈을 돌보는 것은 바람이었다. 바람이 생명을 옮겨와 숨결을 불어넣고 돌과 나무가 서로 보듬게 만들었다. 돌들의 생명을 깨워 겨울에는 따뜻하게, 여름에는 시원하게 어루만졌다.

바람은 어디에나 있다. 시인의 노래 속에, 철학자의 말 속에, 책과 여행길에, 노동과 수많은 만남 속에, 기쁨과 슬픔, 희망과 절망, 행복과 불행 속에, 삶의 모든 인연과 관계 속에. 일찍이 바람의 손길을 깨달은 사람, 정난주는 별처럼 반짝이는 소명을 안고 태어났다. 운명에 순응하고 지금 이 시공간에서 나와 함께 존재하는 특별한 인연을 위해 살아가는 것이 그의 소명이었다. 어리고 나약하며 고통받고 슬픈 존재를 위한 삶을 사는 것, 그것이 정난주의 삶의 이유였을 것이다.

나는 어디에서 왔는지 모르기 때문에 어디로 갈지 모

른다. 천국과 윤회, 어느 것이 더 나을까. 어쩌면 천국이란 아무런 기억이 없고 생각할 필요도 없는 무의 세계이며 윤회 또한 신의 선물이 아닐까. 인간의 삶이 짧은 이유를 여기에서 찾을 수 있을지도 모른다. 죽어도 거듭거듭 다시 태어날 수 있으니까. 사람으로 태어나면 길어야 백 년, 나무로 태어나면 3백 년, 돌로 태어나면 천년만년. 그냥 그렇게 존재하면 된다. 그저 있는 힘껏 최선을 다해 사는 것, 그것이 신이 우리 존재를 만든 이유일 테니까.

그림자와 투사

12코스

무릉

|

용수

매일 밤 자기 전에 내일 날씨를 확인한다. 제주에 살면서 날씨에 관심이 많아지고 하늘의 변화에 예민해졌다. 육지에 살 때는 비를 좋아했는데 제주에 와서는 파란 하늘이 더 좋아졌다. 바람이 불고 비가 오는 날은 걷기 여행을 하는 대신 밀린 집안일을 하고 책을 읽고 뭔가를 끄적거린다. 그리고 빗소리를 듣는다.

제주에서는 일상도 여행과 같다. 비가 오면 오는 대로, 바람이 불면 부는 대로. 그래서인지 시간도 여행처럼 빠르게 흘러간다. 일상은 오히려 느긋해졌는데 어째서일까. 지금은 제주에 산 지 6년째인데, 시간이 이렇게 지났다는 것이 믿어지지 않는다. 몇 달 전에 컨테이너 박스에 이삿짐을 싣고 제주항에 들어온 것 같고 처음 올레길을 걸은 날도 손끝에 잡힐 것처럼 또렷하게 떠오른다.

시간처럼 인간관계도 상대적이다. 제주에서 나는 육지에서와 전혀 다른 관계를 맺고 있다. 여전히 많은 사람을 만나지만, 인연을 쌓지는 않는다. 가끔은 허전하고 이렇게 살아도 되는가 싶지만 이 편이 나답다는 것을 알게 되었다. 나는 쉽게 관계를 맺지만 깊고 오래 유지하는 방법을 모른다. 인연도 자연과 같으면 좋겠다. 그냥 가만히 있어도 좋아한다는 것을 알 수 있도록, 만날 수 있으면 만나고 만날 수 없어도 좋은 감정을 지니며 살아갈 수 있도록, 그 자리에 언제나 있을 수 있도록.

버스 편이 좋지 않은 저지리 마을의 올레길을 걷기 위해 몇 번이나 갔다왔다. 집에서 저지리에 가려면 버스를 세 번 갈아타야 한다. 제주에 올 때 버린 자가용이 아쉽다. 제주에서는 자가용이 필요 없을 줄 알았는데 오히려 자가

용 없이 다니기 어려운 곳이었다. 사람들이 중산간* 아래와 해안가에 모여 살아 도시도 그쪽에만 발달된 탓에 나머지 땅은 텅텅 빈 것이나 마찬가지라 버스도 가지 않는 곳이 많다. 버스 여행에는 기다림과 참을성이 필요한데, 나는 아직 익숙해지지 않았다.

오늘도 시작부터 마늘밭이 펼쳐진 길을 걷는다. 녹남봉에서 도시락을 먹었다. 오름 정상에서 보는 풍경은 매번 다르지만 늘 멋지다. 탁 트인 풍경과 내가 걸어온 길과 앞으로 가야 할 길을 내려다보는 건 언제나 흥미롭다. 바람이 좋은 계절이다. 정상에서의 잠깐의 즐거움을 느끼기 위해 그토록 많은 걸음을 옮기고 숨을 몰아쉬며 무거운 다리를 이끌고 산에 오르는 이유를 온전히 이해할 수는 없지만, 그래도 조금은 알 것 같다.

걷기 여행도 누군가에겐 이해 못할 일이겠지. 어느 순간부터 내가 왜 걷는지 이유를 찾지 않게 되었다. 그냥 걸을 뿐이다. 세상에는 이유를 모르면서도 끌리는 것이 있다. 이유를 영영 모른다 해도 지금은 이대로 걷고 싶다.

옛날 초등학교를 개조해 만든 산경도예의 잎이 무성

---

* 해발 백~3백 미터의 고지대.

하게 늘어진 등나무를 보니 이곳이 오래된 학교임이 실감났다. 세종대왕과 이승복 어린이 동상을 보다 교내로 들어갔다. 복도는 깔끔한 현대식이었다. 공방으로 꾸며놓은 교실에는 도자기를 전시해 놓았다.

초등학교를 세 번이나 옮겨 다닌 나에게 학교는 즐거운 곳이 아니었다. 맨 처음 입학한 학교에서 전학 갈 때까지, 즉 2학년 때까지의 기억이 6년간의 초등학생 시절 중 가장 좋았다. 그 후로는 죽 낯선 아이들 틈에서 낯선 아이가 되지 않기 위해 혼자만의 전투를 치러야 했다. 기억나는 친구도 키가 크고 얼굴이 하얀 서유리와 탁구대가 있는 큰집에 살던 지영이, 좋아했던 남자아이, 반장이었던 아이, 나를 귀찮게 했던 남자 아이 정도다. 선생님들은 기억에 없는 걸 보면 선생님과도 제대로 관계를 맺지 못했나 보다. 확실히 나는 늘 선생님이 어려웠고, 아이들의 세계에서는 겉돌았다. 겉으론 명랑하지만 속으론 아무도 좋아하지 않은 채 유년 시절을 보냈다. 대상은 바뀌었지만 어릴 때도, 커서도 항상 싫은 사람이 있었다. 그들을 싫어하느라 내 삶을 온전히 살지 못했다. 도대체 나는 왜 그 모양이었을까.

산경도예를 나오니 또다시 마늘밭이다. 제주 남서쪽은 정말이지 마늘밭이 엄청나게 많다.

마늘밭이 이어지는 중산간 길을 오랫동안 걷다 만난 바다는 반가웠다. 그래서 그랬나, 발 한쪽이 바닷물에 빠져버렸다.

용암이 만든 크고 작은 도구리*가 있는 삐죽삐죽한 돌밭이 깔린 바닷길을 걷거나 에둘러 가는 아스팔트 도로길을 선택해야 했다. 썰물에는 확실히 바닷길로 갈 수 있는데 지금이 썰물인지 밀물인지 알 수가 없었다. 군데군데 바닷물로 길이 끊겼지만 돌을 잘 밟고 건너면 되겠지 싶어 바닷길로 들어섰다. 그러나 바닷물이 고인 돌밭을 껑충 뛰어오르다 오른발을 빠뜨리고 만 것이다.

여분의 신발은커녕 양말도 없다. 어쩔 수 없는 일, 질퍽거리는 발로 계속 걸었다. 뜨거운 날 그 흔한 편의점도 없는 마을을 젖은 발로 타박타박 걷자니 어쩐지 좀 서러웠다. 나 같은 바보가 또 있을까. 딱 봐도 걸어선 안 되는 길이었다. 분명히 알고 있었음에도 습관처럼 좋아하는 길을 선택했다. 내 선택의 기준은 언제나 내가 무엇을 더 좋

* 제주 지역에서 떡가루를 반죽할 때 쓰거나 많은 양의 물건을 담아 쓰던 나무 그릇.

아하느냐다. 선택한 후에는 웬만하면 후회하지 않는다. 그러니 그냥 걸을 수밖에. 서러운 기분을 날려버리고 또박또박 길을 걸었다.

수월봉에서 보는 차귀도 바다는 유난히 새파랗다. 물결이 잔잔한 코발트 블루 색 바다에 인공 호수에 띄워놓은 인공 섬처럼 차귀도가 이질적으로 떠 있었다. 그림 같은 풍경을 사진으로는 담아낼 수가 없었다. 그림을 그릴 줄 안다면 그려보고 싶은 풍경이었다. 그 꿈결 같은 색채를 말로는 표현할 수 없다. 전에는 파란색을 봐도 무덤덤했는데, 제주에 와서 좋아져 버렸다.

잠깐 고민하다 수월봉 정자 계단에 앉아 질퍽거리는 운동화와 양말을 벗었다. 한쪽만 맨발인 채 멍하니 바다를 바라보았다. 관광객들이 흘끔흘끔 쳐다보았다. 웬 여자가 저러고 있을까 궁금해하는 눈치다. 아니, 궁금해할 거라는 건 내 생각에 불과하다. 그들은 그저 잠시 시선을 멈췄을 뿐 곧 나를 기억의 저편으로 날릴 것이다. 사람들은 내가 생각하는 것보다 훨씬 더, 다른 사람에게 관심이 없다.

싫어하는 감정도 관심이다. 사실은 그 사람과 잘 지내

고 싶은데 그 사람이 나에게 관심을 주지 않아서 싫어하는 건 아닐까 싶다. 융은 그의 저서《분석심리학》에서 누군가를 싫어한다면 그 사람은 나의 그림자를 갖고 있는 사람이기 때문에 싫어하는 거라고 말했다. 융에 따르면 우리는 나의 어두운 부분이 투사되는 또 다른 나를 싫어하는 셈이다.

> 심리학적인 의미에서의 그림자란 바로 '나自我 Ich'의 어두운 면, 즉 무의식적인 측면에 있는 나의 분신이다. 자아의식이 강하게 조명되면 될수록 그림자의 어둠은 짙어지게 마련이다. 선한 나를 주장하면 할수록 악한 것이 그 뒤에서 짙게 도사리게 되며 선한 의지를 뚫고 나올 때 나는 느닷없이 악한 충동의 제물이 됨으로써 사회적인 물의를 일으키게 된다. (중략) 그림자가 투사될 때 사람들은 '왜 그런지 모르게' '공연히' 어떤 대상에 대하여 혐오감이나 그 밖의 부정적인 감정반응을 일으킴을 알게 된다. 그림자는 자아의 바로 밑바닥의 어두운 그늘 속에 있는 심리적 경향 또는 내용이므로 그 특징은 상당히 자아의식의 특징과 닮았다고 볼 수 있고 비슷하면서도 전혀 예기치 못했던 열등한 경향을 띠게 된다. 그래서 그

림자의 투사는 곧잘 자아와 비슷한 대상에 향하는 것이 보통이다.*

내 무의식 속의 분신은 나의 그림자를 갖고 있는 대상에 '강렬한 감정'을 갖고 집착하는데, 그 감정은 융에 따르면 '긍정적인 매혹, 감동의 느낌일 수도 있고 혐오감, 불쾌감일 수도' 있다. 그러니 누군가를 이유 없이 싫어한다면 그 이유가 나, 무의식 속의 내 그림자 때문임을 우리는 알아야 한다.

수월봉은 내 외할머니 이름과 같다. 그래서인지 이곳에 오면 자연스레 외가 생각이 난다. 앞에서도 이야기했듯 동생이 태어난 후 나는 돌 무렵부터 다섯 살 때까지 외가에서 자랐다. 외가 식구들은 집안에 오랜만에 태어난 아기를 기쁘게 받아들였고, 그들만의 방식으로 사랑해주었다. 초등학생이었던 큰이모는 나와 떨어지기 싫어서 나를 학교에 업고 갔고, 이십대였던 큰삼촌이 서울 가는 길에 나를 계속 안고 있어서 차멀미를 한 내가 삼촌 바지에 토해 버린 적도 있단다. 작은삼촌과 작은이모는 항상 나와 놀아주

* 이부영, 《분석심리학: C. G. 융의 인간심성론》(일조각, 2011), p.71 ~ p.73

었고 할머니는 내 입에 음식을 넣어주려고 매일 나와 실랑이를 했다. 할아버지는 나를 업고 논두렁 밭두렁을 다니며 말을 가르쳤고 겨울이면 썰매를 만들어주었다. 나는 외가 식구에게 조카, 손녀가 아니라 동생이고 딸이었다.

하지만 결혼을 하고 아이를 낳은 이모, 삼촌 들은 조카쯤은 나 몰라라 했다. 원래 그런 것이라 해도 섭섭한 마음은 어쩔 도리가 없다.

내가 제주에 온 지 몇 달 후, 외가 식구들이 우리 집에서 머물며 제주를 여행했다. 할머니 부부 내외에 사촌, 사촌의 아기 들까지 열둘이나 되는 인원이 우리 집에서 먹고 자고 함께 여행을 했다. 나는 몇 날 며칠 동안 여행 계획을 세우고 12인승 승합차에 외가 식구들을 태워 제주 여행을 시켜주었다.

어느 날은 일몰 무렵에 수월봉에 올랐다. 이모, 삼촌 들이 할머니 이름이라며 매우 재밌어했다. 정자 계단에 앉아 있을 때 일몰이 시작되었고 석양이 가족들의 얼굴에 부드러운 빛을 드리웠다. 할머니, 이모, 삼촌, 사촌 들이 모두 환하게 웃었다. 그 후로도 그 장면이 문득문득 떠올랐다. 아무런 섭섭함도 미움도 없는 환한 미소. 지금 내가 질퍽이는 운동화를 말리며 맨발로 앉아 있는 이 계단에서 몇 달 후에 그려질 장면이었다.

혹시 나는 타인을 무대 위에 등장하는 배우라고 보는 것은 아닐까. 배우는 무대에 올랐을 때 역할에 따라 가면도 바뀌어야 하는데 나는 타인에게 늘 한결같은 하나의 가면만 쓴 채로 나와 관계 맺기를 바랐던 것이다. 이모는 언제까지나 나의 이모여야 했고, 삼촌은 언제까지나 나의 삼촌이어야 했다. 할머니는 내 편만 들어야 하고, 할아버지, 작은삼촌은 그렇게 일찍 가 버리면 안 되는 거였다. 늦된 아이여서 그랬는지 아니면 너무 많은 사랑을 받아서인지, 나는 세상이 나를 중심으로 돌아간다고 생각하는 어린 아이에서 멈춰 버렸다. 어린 나를 조건 없이 사랑했던 외가 식구들이 무대를 옮겼을 뿐, 그 무대에서 내가 사라진 것은 아니었는데 그걸 깨닫기까지 참 오래 걸렸다.

인생이라는 짧은 연극에서 몇 번밖에 서지 않는 무대. 그 무대에서 만나는 사람들은 얼마나 될까. 그중 특별한 만남, 좀 더 깊은 인연은 얼마나 될까. 미워하는 마음으로 무대를 채우기에는 내게 주어진 시간이 많지 않다. 나와 한 무대에 서는 지금 이 순간만이라도 좋은 인연으로 함께하면 좋겠다. 누군가를 좋아하지는 않더라도 싫어하느라 내 삶을 온전히 살지 못하는 어리석은 연기는 이제 그만 두자.

양말이 마를 때까지 한참을 앉아 있었다. 그러는 동안 구름의 모양이 바뀌는 과정을 구경하고 차귀도로 향하는 배가 몇 척이나 되는지 세어보았다. 오랫동안 바다를 보고 있으니 바다가 점점 더 좋아졌다. 저 아름다운 바다는 누군가에게 사랑받기 위해 아무런 노력도 하지 않는다. 무심하게 그저 거기에 있을 뿐이다. 변함없는 모습으로 그 자리에 그렇게.

수월봉에서 내려와 깎아지른 절벽 위에 난 엉앙길을 걸었다. 바다 쪽으로 난 절벽을 제주어로 엉알이라 한다. 겹겹이 줄무늬를 이룬 이 길의 화산 쇄설암*은 세계적으로 지질학적 가치를 인정받아 천연기념물로 지정되었다. 수월봉 엉앙길은 차귀도를 보며 걷는 바닷길이기도 하다. 한낮의 절정에서 색을 잃은 바다 위로 별들이 자맥질한다. 반짝반짝 눈이 부시다.

---

* 화산 분출물이 쌓여 굳으면서 이루어진 암석을 통틀어 이르는 말.

길은 당산봉으로 이어졌다. 높은 곳에서 내려다보는 차귀도 바다는 또 다른 모습이었다. 무인도 차귀도는 저녁이 되자 조금 쓸쓸해 보였다. 생이기정길은 바다 바람이 세차게 불고 발 아래로 새들을 볼 수 있다는데, 오늘은 바람도 새도 없이 혼자 걸었다. 질퍽질퍽한 발로 끝까지 잘 걸었다.

소박하지만 분명한 친절

13코스

용수

|

저지

그 많던 마늘밭의 마늘들이 몽땅 뽑혀져 돌담에 치렁치렁 널려 있다. 마늘 수확의 계절이다. 도로의 차량 소음에서 벗어나자마자 맞닥뜨린 정적에 당황했다. 아무도 없는 시골길, 어디선가 음악이 들려왔다. '순례자의 교회'에서 들려오는 음악이었다. '좁은 문'을 들어서 교회당 문손잡이를 살짝 돌려 보니 문이 열렸다. 세상에서 제일 작은 교회라더니 정말 아주 작았다. 서너 평이나 될까. 단상 위에 펼쳐진 성경 위로 빛이 내려앉아 있었다. 정갈한 마룻

바닥에는 방석이 깔려 있었다. 누군가 줄곧 앉아 있다 잠시 외출을 한 것 같았다. 차분한 공기가 교회당 안에 감돌고 있었다. 교회는 다니지 않지만 잠시 앉아 머물고 싶은 곳이었다.

평생 악인으로 살았던 사람이 죽을 때쯤 신을 믿어도 천국에 갈 수 있는 걸까. 그렇지 않을 것이다. 신의 존재를 믿는 사람은 자신의 죄가 무엇인지 정확히 알기 때문에 천국에 갈 수 있는 것일 테다. 자기 죄를 모르는 사람이 말로만 신을 믿는다 한들 신이 모를 리가.

죄에 대한 심판은 인간의 법을 기준으로 한다. 신의 계획 안에서 그 죄는 죄가 아닐 수도 있다. 형량만 채우면 죄가 사라지는 인간의 법은 때로 허무하다. 피해자가 받은 고통과 죄인이 받은 형벌의 무게는 비교할 수 없다. 사람은 사람의 진실을 온전히 볼 수 없기 때문에 법에 따라 심판하는 것이고, 진실은 신만이 안다.

신을 믿는 것과 종교를 갖는 것은 다른 차원의 얘기다. 신을 믿는다 해서 반드시 종교를 가져야 하는 것은 아니며 반대로 종교를 가진 사람이 무조건 신을 믿는다는 보장도 없다. 그렇게 생각하기에는 이해할 수 없고 설명되지 않는 사람들이 너무 많기에. 진정한 용서는 내 몫이 아니라 신의 영역이니, 그저 그 일을 잊어버리는 것이 내가 할 수 있는 최선일지도 모르겠다.

지금까지 걸어오는 동안 길에서 많은 생각을 했고 버렸다. 이제 열네 살의 그날을 다시는 읽지 않을 책처럼 덮어둘 수 있을 것 같다.

길이 끊겼다. 겨울 철새들의 보금자리 용수 저수지가 AI로 폐쇄된 것이다. 조용한 저수지의 둑길을 걷고 싶었는데 아쉬웠다. 오래된 돌담을 지나 고목 숲에 들어섰다. 곶자왈에서 본 양치식물이 이곳에도 많았다. 한참 숲길을 걷다 '행복 쉼팡'이라는 이름의 공중전화 부스만 한 무인 카페를 만났다. 스틸 온수 통, 낡은 주전자, 휴대용 가스레인지, 믹스 커피와 몇 종의 차가 놓여있었다. 조수리 마을 청년회에서 올레꾼을 위해 마련한 공간이었다. 소박하지만 마을을 지나는 여행자를 위한 따뜻한 친절이 느껴졌다.

앉을 만한 의자도 있어 도시락을 먹고 가기로 했다. 밥을 먹은 후에는 행복 쉼팡의 믹스 커피를 한 잔 마실 생각이다. 동네 할머니가 오시더니 내 앞 나무 둥치에 앉으셨다. 농삿일하다 쉬러 오셨단다. 조수리 청년들께 감사하다고 전해 달라 했더니 청년이 아니라 오륙십 대 마을 남자들이라 하셨다. 그래도 나는 '조수리 마을 청년 분들께'로 시작하는 짧은 편지를 써서 행복 쉼팡 벽에 붙여놓았다.

낙천리 아홉굿 마을의 의자 공원은 TV 예능 프로그램에도 소개될 만큼 유명하다. 낙천리는 다른 마을과 달리 바다도 오름도 숲도 없어서 관광객의 발길이 드문 곳이었는데, 마을에 살던 어느 예술가가 의자를 만들자고 했단다. 온 마을 사람들이 힘을 합해 의자를 만들었다. 백 개, 천 개나 되는 의자를 만들고 또 만들었다. 크기도 모양도 다른 수많은 의자에 색을 입히고 인터넷을 통해 공모한 좋은 말도 썼다. 예술가의 기발함 덕분에 낙천리 마을은 하루아침에 '의자 마을'로 널리 알려져 뉴스에도 나오고 TV에도 나오게 됐다. 무에서 유를 창조한 것이다.

올레길에 의자 마을이 있다는 것을 알고 무척 기대했었다. 내가 상상하던 의자 마을의 이미지는 이랬다. 어느 한적한 작은 시골 마을에 무심히 놓인 깨끗한 의자가 있다. 누구나 앉을 수 있다. 의자에 앉아 있는 동안 앉은 이

에게 그 장소는 더 이상 낯선 곳이 아니게 된다.

하지만 실제 의자 마을은 달랐다. 자연스럽지 않았달까. 테마파크 느낌이 났다. 의자 마을보다는 의자 공원이 어울렸다. 의자에 쓰인 좋은 말도 어디선가 한 번쯤 들은 말들이었다.

사람의 마음을 움직이는 것은 무에서 유를 창조하는 일이 아니라 소박하지만 분명한 친절이 아닐까. 내게 정말로 편안한 의자는 행복 쉼팡 앞에 놓인 나무 등치와 낡아서 한 쪽이 기울어진 의자였다. 결국 나는 의자 공원에서 어느 의자에도 앉지 못하고 지나치고 말았다.

의자 공원을 지나 잣길로 들어섰다. 잣길의 돌담은 위에서 걸을 수 있을 만큼 넓고 튼튼히 쌓여 있었다. 돌담 너머에는 보리밭이 펼쳐져 있었고 길의 끝은 숲으로 이어졌다. 바람이 보리를 쓸어내렸다.

저지오름에 오르기 전에 잠시 쉬었다 가기로 했다. 저지오름의 높이는 390미터로 높은오름에 속한다. 앞서가던 중년 부부가 올레 안내 스탠드를 보더니 오름을 오르지 말고 우회로로 가자는 대화를 나누었다. 나도 우회할까 하다 그냥 오르기로 했다. 많은 계단을 올랐다. 걷기에 익숙해졌지만 계단은 여전히 힘들다.

이 오름의 이름인 '저지'는 닥나무의 한자식 표현이다. 닥나무가 어떻게 생긴 나무인지는 모르겠다. 생긴 걸 보고 이름을 아는 나무는 열 손가락도 안 된다.

저지오름은 분화구 둘레길이 특히 좋았다. 관상수처럼 매끈한 나무들 사이로 난 좁은 오솔길을 걸으니 푹푹한 흙냄새가 났다.

저지오름을 내려가니 제주의 옛집들이 모인 마을이 나왔다. 제주의 전통적인 가옥 형태는 한 마당 안에 두 채의 집을 두는 것이다. 안거리는 부모가, 바깥거리는 결혼한 자식이 사는 집이다. 부엌도 따로 있어서 부모와 결혼한 자식이 독립적인 생활을 한다. 세월이 지나 벗겨진 파란 슬레이트 지붕 너머로 저지오름이 뒷동산처럼 둥실 떠올랐다.

벌써 여기까지 왔다. 올레길의 절반을 걸었다. 절반만 더 걸으면 완주다. 올레길 완주는 불가능한 일이 아니었다.

아무리 기다려도 버스가 오지 않았다. 커다란 팽나무 그늘 아래서 쉬고 계시는 동네 할머니들께 여쭤보니 기다리면 온다는 말씀만 하셨다. 한 시간을 기다려도 버스는 오지 않았다. 슬슬 화가 났다. 지나가는 할머니에게 물어 보니 아무 버스나 타란다. 제주시 간다고 말하면 환승할 수 있는 곳에서 내려준단다. 아무 버스나 타야 하는 거였다니. 한 시간 동안 버스는 딱 한 대 왔는데, 그걸 탔어야 했다.

30분을 더 기다리니 버스가 왔다. 할머니가 알려주신 대로 제주시 가는 정류장에 내려 달라 했더니 버스기사님이 저 앞에 있는 버스가 5분 후에 출발하니 저거라도 타라고 했다. 막 떠나려는 버스에 급히 올랐다. 제주시 터미널에 도착한 것은 그 후로 두 시간이 지나서였다. 차를 탔다면 30분이면 도착할 거리를 종점 스탬프를 찍고 4시간 만에 온 것이다.

지금 내게 가장 풍족한 것은 시간이다. 제주에 와서 딱 1년만 자유 시간을 가져보고 싶었고, 바람대로 이루어졌다. 상상조차 할 수 없었던 시간을 갖게 되었다. 그런데도 여전히 시간에 얽매이고 있다. 저지리 버스 정류장에서 오지 않는 버스를 기다리며 안절부절 못했다. 화를 냈다. 온종일 걸은 피로 때문만은 아니었다. 그냥 내가 그런 사람이라서. 기다림 그 자체를 참지 못하는 사람이라서.

언제나 시간에 화를 내며 살아왔다. 평생 아끼고 쪼개며 모아온 시간은 모두 내 것이니 내 마음대로 쓸 수 있다고 생각했다. 시간이 내게 빚을 진 것처럼 당당했다. 나를 유린해서는 안 된다고도 생각했다. 하지만, 정말 나는 시간을 지배하며 살아왔던가. 애초에 시간이란 건 지배할 수 있는 대상인가. 사실 나는 한번도 시간 위에 서 본 적이 없었던 것은 아닐까. 언제나 시간의 뒤꽁무니를 쫓아다니느라 현재를 살지 못하고, 미래에 저당 잡힌 시간에 짓눌린 줄도 모른 채 허우적대며 살아온 것은 아니었을까. 그렇지 않다면 그날 그 시골 마을 버스 정류장에서 나는 무엇 때문에 조급했던 것일까.

나는 나의 길을 걷고 너는 너의 길을 걷는다

14코스

저지

|

한림

청년이 길을 물었다. 제주 지도를 펼치며 14-1코스를 걸으려는데 어디로 가야 하는지, 이 코스를 걷다 보면 오설록에 갈 수 있는지 물어왔다. 최선을 다해 자세히 안내해준 후 곶자왈은 좀 무섭다고 말해줬더니 겁먹은 표정으로 무섭지 않은 길로 오설록에 걸어서 가려면 어떻게 해야 하느냐고 되물었다. 그런 길은 모르겠다고 했다.

청년이 가려는 곳은 올레길일까, 오설록일까. 오설록 같은 인공적인 관광지보다 자연 속을 걷는 올레길이 훨씬 좋은데.

길가에 자홍색 백년초가 달린 자생 선인장이 자라고 있었다. 참 제멋대로 생겼다. 크고 작은 혹을 여기저기 툭툭 달고 튼튼한 가시로 갑옷을 둘렀다. 야생화는 혼자 자라도 곱고 예쁜데 선인장은 왜 이 모양인가.

제주에 선인장이 많은 이유는 멕시코에서 난류를 타고 떠내려 왔기 때문이다. 그럼 제주 자생 선인장의 고향이 멕시코라는 얘긴데, 어쩌다 그 먼 곳에서 여기까지 왔을까. 멕시코와 제주의 선인장은 똑같이 생겼을까.

아직 가 본 적 없는 멕시코와 그 나라에 있을 선인장에 대해 상상하다 문득 길을 묻던 청년 생각이 다시 났다. 자연의 길이 좋다는 것은 내 생각일 뿐이다. 그가 올레길을 걷든 오설록을 좋아하든 무슨 상관인가. 오설록에서 중요한 만남이 있을 수도 있고, 그저 오설록을 위해 제주에 내려왔는지도 모른다. 다른 사람의 취향과 목적에 의문을 갖느라 내가 갈 길에서 딴 생각을 할 필요가 없었다. 나는 나의 길을 가면 그만이다.

인간은 모두 각자의 궤도를 돌고 있는 하나의 별이다.

같은 궤도를 돌고 있을 수도, 다른 차원의 별일 수도 있지만 어쨌든 나와는 분명히 다른 별이다. 그 자신 말고는 아무도 온전히 이해할 수 없고 판단할 수 없는, 그저 거기 있는 하나의 별이다.

다른 사람의 취향. 문득 이전에 엄마와 한 대화가 떠올랐다. 엄마는 짧은 치마에 빨간 립스틱을 바른 젊은 여자를 보면 못마땅해했다. 지난 가파도 여행 때도 비슷한 차림의 젊은 여자가 배에 오르자 손가락질했다. 상대가 들을 수 없는 거리여서 다행이었다.

엄마, 다른 사람이 어떤 취향을 갖든 뭘 하든 상관없지 않나? 저 아가씨는 엄마가 밝은 염색을 하고 학생 배낭을 멘 걸 보고 어울리지 않는다고 생각할 수도 있어. 속으로만 생각해서 모를 뿐이지.

"내 머리 색이 밝으냐?"

나에 비하면 엄청 밝지.

"네 머리가 새까만 거지. 너도 좀 밝게 염색해 봐. 길이도 좀 줄이고."

나는 튀는 차림새는 하고 다닐 수가 없어. 머리카락도 자를 수 없는 이유가 있고.

"이유가 뭔데?"

머리하는 데 드는 시간이 아까워서 그래. 중요한 날은 나도 시간 들여. 무엇보다 짧은 머리가 어울리지 않기도 하고.

그날의 여행이 좋아서였을까. 엄마는 별다른 반박 없이 내 말을 들어주더니 그날 이후로 엄마 기준에 못마땅한 사람들에게 손가락질하지 않았다. 나에게 머리 좀 자르라는 말도 더는 하지 않았다.

긴 머리, 짧은 치마, 빨간 립스틱. 엄마는 스무 살에 나를 낳고 이십 대가 없는 삶을 보냈다. 어쩌면 엄마에게 짧은 치마와 빨간 립스틱은 자유로운 젊음으로 대변되는, 엄마가 가지지 못한 것이자 로망이 아니었을까. 그것을 못마땅해하는 건 가질 수 없는 것에 대한 열등감이 투영된 것일 수도 있겠다. 나에게도 그런 것이 있을까. 어떤 걸까.

오늘은 길가의 꽃들에 자꾸만 눈길이 간다. 여태 꽃 좋은 줄 모르고 살았다. 길에는 언제나 꽃이 있었지만 거기에 시선을 멈출 만큼 나는 천천히 걷는 사람이 아니었다. 관광지에서 꽃을 배경으로 사진 찍는 사람들도 촌스럽다고 생각했다.

특히 아주머니들의 단체 관광은 시끌벅적해서 눈살을 찌푸리곤 했다. 아무 데서나 큰소리로 말하고 거리낌없이 크게 웃는 모습을 보면서 도대체 왜 저럴까 의아해했었는데, 누군가 말하길 이제야 마음 놓고 꽃을 누릴 수 있는 나이대라서, 그게 너무 좋아서 순수하게 감정을 표출하는 거란다. 젊은 시절에는 다른 것들에 현혹되어 바쁘고 무엇보다 그 자신이 꽃이었기에, 꽃처럼 아름답고 싱싱했기에 꽃에 눈길이 가지 않았던 것이란다.

길가의 꽃은 아무도 돌아봐주지 않아도 언제나 예쁘다. 누구를 위한 걸까. 무심한 발에 밟힐지도 모르는데 겁도 없이 길에서 자란다. 꽃들도 서로 질투하고 시샘할까. 그러진 않을 것 같다. 세상의 모든 꽃들은 다 예쁘다. 혼자 있어도 예쁘고 서로 어우러져도 예쁘다. 하지만 인간은 누군가 잘 되면 그저 그 사람이 운이 좋아 그런 줄 안다. 나도 그와 다를 게 없는데, 나는 더 많은 노력을 하는데 어째서 아무런 노력도 하지 않은 그가 잘 되는 걸까? 운이 좋아서, 처세술에 강한 속물이라서, 그것도 아니라면 나쁜 짓을 해서 잘 됐을 거라고 자기 위안을 한다. 꽃은 예쁘기 위해 어떤 노력을 했을까. 다른 꽃보다 더 예쁘다 해서 더 많은 꽃씨를 날리는 것은 아니다. 어쩌면 꽃마다 바라는 것이 다를지도 모르겠다. 어떤 꽃은 나비와 벌보다 바람을 기다리고 있는지도 모른다. 바람의 손길을 타고 다른 세상으로 훨훨 날아가고 싶은 꽃의 바람을 다른 꽃도 모르고 인간도 모를 뿐.

제주 시골 마을을 걷다 보면 자주 보이는 특이한 구조물이 있다. 나선형 계단으로 올라갈 수 있는 높은 곳에 있는 커다란 박스로, 보통 벽면에 그림이 그려져 있다. 초가집, 우엉팟의 농작물, 튼실한 소, 윤기 흐르는 항아리, 유채꽃 등을 꽤 정성스럽게 그려놓았다. 마침 밭에서 일하고 있는 분이 계시길래 인사드리고 이게 무엇이냐고 물었더니 물탱크라고 알려주셨다. 농업 용수로 쓰인다며 친절하게 원리도 자세히 설명해주셨다. 풍요는 물에서 시작하니 저수조마다 농가의 소망을 그려놓았나 보다. 라스코 동굴 벽화와 다르지 않다. 투박하지만 정성이 담긴 소박한 그림에서 제주 사람들의 꿈도 엿볼 수 있었다.

친절을 베풀 수 없을 때가 있다. 바쁘거나 힘들 때, 혹

은 그저 기분이 좋지 않아도 다른 사람을 돌아볼 여유가 없을 수 있다. 그럼에도 불구하고 우리는 친절해야 한다. 내게 물탱크에 대해 설명해주신 그분처럼. 친절은 사람과 사람 사이를 연결하는 선한 메시지이니까. 친절을 베푼 사람도, 친절을 받은 사람도 그 시간과 공간에 좋은 감정을 가지게 되니까.

반대로 타인의 불친절도 이해하고 받아들여야 한다. 그럴 수밖에 없는 사정이 있을 테니까. 친절에는 언젠가 나에게 다시 돌아온다는 윤회의 속성이 있다. 열네 살 그날에 베푼 나의 친절과 동정심은 배반당하지 않았다. 살아오는 동안 나는 그 대가로 수많은 친절을 받았다. 내게 일어난 수많은 행운은 그때의 친절이 키운 열매였다. 마치 누군가 나를 돌봐주고 있는 것처럼. 그날 캄캄한 굴 바깥에서 낙엽을 밟던 그가, 내 삶에 친절과 행운을 보내준 것이다.

한동안 밭으로 길이 이어지다 선인장 군락지에 들어섰다. 야생 선인장은 특히 월령리에 많이 분포되어 있다. 푸른 바다와 대비되는 까만 돌 틈마다 선인장이 자라는 모습이 이색적이고 아름답다.

다리도 슬슬 아프고 배도 고파서 도시락을 먹으려 적당한 자리를 찾는데 주말이라 그런지 오늘따라 올레꾼이 많다. 지금까지 평일에만 올레길을 걸었는데, 오늘은 주말이니 중간 지점에서 J와 만나 함께 걷기로 했다. 걷기를 즐기지 않는 J가 함께 걷고 싶어 하다니, 반만 같이 걸어도 감사하다.

나무 그늘 아래 평상에서 도시락을 먹다 깜짝 놀랐다. 송충이 한 마리가 슬금슬금 기어가고 있었다. 자동반사적으로 마시던 물을 부었더니 땅으로 곤두박질했다. 몸을 돌돌 말더니 꼼짝도 안 했다. 계속 쳐다봐도 움직이지 않는다. 아차 싶었다. 여기는 원래 송충이가 살던 곳인데…….

올레꾼이 다가오는 것을 보고 서둘러 도시락 뚜껑을 덮었다. 그가 눈인사를 하며 말하기를, "맛있게 드세요. 저는 저 위에서 먹었어요." 순간 무안해졌다. 도시락 뚜껑 덮는 걸 보았나 보다. 길에서 밥 먹는 것을 쑥스러워하는 걸 이해한다는 말투였다. 같이 드실래요, 나는 왜 이 한마디를 못할까.

다시 길을 걸었다. 예쁜 나무를 보았다. 손톱보다 작은 별 모양의 덩굴풀이 나무를 장식하며 자라고 있었다.

고운 레이스를 늘어뜨린 듯, 주렴을 두른 듯 거친 나무 몸피가 초록초록하다. 이름이 뭘까? 오늘따라 왜 이리 꽃과 나무의 이름을 알고 싶은 걸까. 이제 나에게 세상이 보이기 시작해서일까.

샌드위치 패널 지붕 위에 타이어들이 줄 맞춰 나란히 놓여있었다. 지붕이 바람에 날아가지 않도록 올려놓은 것인데, 그 덕에 하늘색 지붕이 산뜻해 보였다. 한 점 찌푸림 없이 곧게 펴진 마음처럼 어둠과 불안이 사라진 화창한 날에는 세상 모든 것들이 밝은 태양의 후광 안에서 반짝반짝 눈이 부시다.

무명천 길은 푹신하고 기분 좋은 풀밭이었다. 어느새 월령리에 도착했다. 중간 지점 스탬프를 쾅쾅 찍고 있는데 J가 두 팔을 활짝 벌리고 구름다리를 뛰어서 건너왔다. J를 보니 꽤 오래 걸었는데도 발걸음이 가벼워졌다.

월령리에서 한림항까지는 내내 바닷길이다. 수평선 위에 신비의 섬 비양도가 떠 있다. 파란 하늘 아래 빙글빙글 돌아가는 하얀 바람개비, 풍력 발전기가 있는 풍경은 그대로 한 장의 예쁜 엽서 같았다. 파란 하늘, 푸른 바다, 까만 돌, 바람에 펄럭이는 올레 리본, 비양도. 길에서 만나는 모든 것들에 하나하나 눈을 맞추었다.

금능 해변에 들어섰다. 월령리 즈음부터 바다는 박하향이 날 것 같은 물빛으로 바뀌었다. 제주의 바다색 중 가장 좋아하는 색이다. 김녕 성세기, 월정리, 세화리, 협재, 곽지과물, 금능. 모두 같은 바다이지만 조금씩 색이 다르다.

마을로 들어서자 예쁜 집들도 눈에 띄었다. 돌담에 물을 담은 플라스틱 페트병을 매달아놓았다. 뭐에 쓰는 걸까. 우리는 길을 걷다 만나는 모든 것을 궁금해했다.

해가 지고 있다. 월령 포구도 참 예쁘다. 마침 바다제를 올리는 중이었다. 고기와 과일, 술을 올려놓은 상을 두고 한 사람씩 차례로 올라와 절을 하고 농악대는 노래를 불렀다. 일몰 속의 사람들과 그림자가 아른거렸다.

길을 걸으며 보는 세상은 온통 처음 보는 것으로 가득했다. 그것에, 또 처음 느끼는 감정에 매순간 놀라고 있다. 길을 걸으며 파란 하늘, 맑은 구름과 상쾌한 바람에게 손을 흔들고 꽃들에게 말을 걸고 나무를 쓰다듬으며 칭찬을 해주고 무뚝뚝한 돌들에게 미소를 건넸다. 지금까지 전혀 몰랐던 세계가 성큼, 다가왔다.

4부

자연이 바라는 것

이 세계에서 저 세계로

14-1코스

저지

|

서광

"오늘도 무서운 델 가야 해?"

J가 익살스러운 표정을 지으며 말했다. 자다가 눌린 머리카락 한 올이 삐죽 서 있다. 14-1코스는 세 개의 곶자왈을 지나야 한다. 11코스의 곶자왈을 함께 걸은 후 곶자왈은 혼자 갈 곳이 아님을 알게 된 J는 이번에도 선뜻 따라나서주었다.

J가 늦잠을 자서 오후 1시가 되어 걷기 시작했다. 조용한 마을에 까만 돌담을 두른 청보리 밭이 눈에 띄었다.

청보리가 바람에 휩쓸리며 파도 소리가 났다. 제주의 보리는 유난히 여려서 바람에 잘 흔들린다는 얘기를 어디선가 들은 적이 있다. 육지의 보리가 기억에 없어 비교를 할 수는 없다. 육지에 살았을 때의 나는 자연과 먼 사람이었으니까.

문도지오름에 오르니 말들이 한가롭게 풀을 뜯고 있었다. 작은 오름 전체가 말똥 지뢰밭이어서 땅을 잘 보며 걸어야 했다. 말 떼와 말똥을 피해 정상에 오르니 깊고 울창한 숲이 펼쳐져 있었다. 감탄이 절로 나왔다. 아마존 한가운데 서 있는 듯, 시선이 닿는 곳마다 푸른 숲이었다. 큰 바람이 숲을 쓸어내리자 거대한 숲이 한몸처럼 통째로 흔들리는 소리가 들려왔다. 숲 전체가 하나의 생명이었다. 길은 보이지 않았다. 저 숲에서 길을 잃는다면 구조대도 못 찾을 것 같다. 압도당할 만큼 아름다웠지만, 한편으론 두려운 곳이었다.

오름을 내려가 저지 곶자왈에 들어섰다. 입구에 '경찰 순찰 중'이라는 안내문이 있었다. 외지고 길을 잃기 쉬운 곳이라는 표시다. 어디선가 꽃향기가 났다. 백서향이라는 하얀 꽃의 향기였다. 울퉁불퉁한 돌길이 깔린 숲은 햇빛이 들지 않았다. 돌은 융단처럼 부드러운 연두색 이끼로 덮여 있었다. 손톱만 한 콩난도 이끼와 함께 자라고 있었다. 어두컴컴한 숲은 나지막한 숨을 내쉬고 있었다. 우리는 오랫동안 켜켜이 쌓인 숲을 천천히 걸었다.

한 시간쯤 지나자 차 소리, 음악 소리가 웅웅 들려왔다. 눈앞에 드넓은 녹차밭이 나타났다. 건물과 도로, 사람이 가득한 곳이었다. 나는 줄곧 야생에 머물다 갑자기 문명으로 떨어진 듯 어리둥절해졌다. 반대로 J는 문명의 세계에 도착한 것을 무척이나 좋아했다. 얼굴에 화색이 돌고 걸음이 빨라졌다. 원시 세계에 표류되었다 문명으로 돌아간 사람처럼 흥분했다.

"야호, 드디어 빠져나왔다!"

J의 함성 소리가 조금 섭섭했다. J에게 곶자왈은 그저 통과해야 할 미션, 부담스러운 자연이었던 걸까. J는 이끼 낀 돌이 신기하지 않았던 걸까. 숲을 빠져나올 때까지 코끝에 머물렀던 백서향 향기와 구불구불 뻗어나간 나뭇가지에서 신비로운 기운을 느끼지 못한 걸까. 꽃과 나무, 흙과 돌, 바람이 서로를 어루만질 때마다 작은 숨소리가 들렸는데 그 소리도 듣지 못한 걸까. 그토록 신비롭고 아름

다운 숲에서 자연의 질서와 오묘한 메커니즘을 느끼지 못했던 걸까.

J는 숲이 무서운 건 자연의 기에 눌려서라고 했다. J의 말대로 숲에는 뱀도 거미도 있고 어디선가 고라니가 갑자기 나타날지도 모른다. 하지만 어쩔 수 없는 것 아닌가? 숲은 그들의 세계고, 우리는 그곳을 잠시 지나갈 뿐인 다른 세계의 존재니까.

녹차밭이 있는 오설록은 14-1코스의 중간 지점이다. 스탬프를 찍고 주위를 둘러보았다. 여태 밥을 먹지 못했다. 곶자왈에서 도시락을 먹기로 했는데 이끼와 그늘, 말똥과 벌레, 울퉁불퉁한 돌길뿐이라 앉을 만한 장소가 없었다. 반대로 오설록에는 도시락 먹기 좋은 야외 테이블은 많았지만 사람들이 많아 망설여졌다. 바람도 불었다.

"배고프다. 얼른 먹자!"

J는 아무 거리낌 없이 밥을 듬뿍 퍼서 맛있게 먹었다.

도시락을 먹은 후 남은 길을 마저 걷고 싶었지만 J가 시간이 늦었으니 내일 걷자 했다. 지난번에 곶자왈을 걸을 때 날이 어두워졌던 것이 불안했었나 보다. 좀 무서우면 어때, 그렇다고 완전히 깜깜해지는 것은 아니잖아. 이제 8킬로미터도 안 남았는데 해 떨어지기 전에 곶자왈을 통과할 수 있지 않을까.

사실 나는 J와 모험을 즐기고 싶었다. 혼자서는 절대 갈 수 없는 밀림 속을 함께 걷고 싶었다. 밤이 와도 좋고 짐승이 나오면, 그건 좀 무섭겠지만 J와 함께라면 재밌을 것 같았다. J는 내게 안전 의식이 없다며 밤의 숲과 곶자왈이 얼마나 위험한지 구구절절 읊어댔다. 그냥 J의 말을 들어주기로 했다. 도시락이 아깝다. 오늘은 특별히 불고기 도시락을 준비했는데 겨우 요만큼 걷다니?

다음 날, J가 어제 못 간 올레길을 마저 걷자 했다. 나 혼자 보내기가 더 무서운 거지? 어제보다 일찍 길을 나섰다. 도시락을 먹었던 '문명' 오설록에 J의 차를 주차해놓고 거기서부터 걸었다. 오늘은 바람도 불지 않았다.

무릉 곶자왈에 들어섰다. 오후 3시 이후에는 진입 금지인데 우리는 오늘도 시간을 넘겼다. 도로가에서 곶자왈로 들어가는 입구를 커다란 바위가 막고 있었다. 마치 이 세계에서 저 세계로 넘어가는 통로 같았다. 많은 차량이 오가는 도로에서 바위를 껑충 넘어 발걸음도 가볍게 저 세계에 착지했더니 초입부터 뱀이 나올 것 같은 분위기였다.

무릉 곶자왈을 통과하니 청수 곶자왈로 이어졌다. 청수 곶자왈은 밝고 환한 숲이었다. 반듯하게 뻗은 풀밭 길, 좌우로 정렬한 나무들. 길에는 햇살이 깔려있었다. J는 밝고 반듯한 숲이 좋다며 이런 길이라면 얼마든지 걸을 수 있다고 했다. 하지만 깊이 들어갈수록 숲은 점점 어두워졌다. 이리저리 뒤틀리고 꼬인 나무들, 고사리과의 양치식물들, 농도가 짙은 물웅덩이와 이끼 낀 돌. 봄인데도 잎을 다 떨군 나무는 앙상했고 길에는 낙엽이 수북이 덮여있었다.

청수 곶자왈에서는 반딧불이를 볼 수 있다고 한다. 개똥벌레, 제주어로는 불란지라고도 불리는 반딧불이는 청정 지역에서만 산다. 나는 아직 반딧불이를 본 적이 없다. 내가 살았던 도시는 반딧불이와는 거리가 먼 곳이었다. 청수리에서 찍은 반딧불이 사진을 본 적이 있다. 푸르스름한 어둠 속, 나무들이 빼곡히 들어찬 숲속에 작고 노란 불빛들이 별처럼 반짝이고 있었다. 판타지 영화에서나 볼 수 있는 풍경을 제주에서 볼 수 있다니 가슴 뛰지 않을 수 없었다.

반딧불이를 본 것은 제주에 온 후로도 몇 해가 지나서다. 반딧불이는 개인이 자유롭게 볼 수 없고 마을 주민들이 운영하는 프로그램에 따라 단체로 움직이며 봐야 한다. 지켜야 하는 규칙도 있다. 일단 6분짜리 영상을 보고 주의사항을 숙지해야 한다. 플래시와 사진 촬영은 금지다. 검은 옷을 착용하고 절대적으로 조용해야 하며 뛰거나 발소리를 내서도, 몸에 해충 퇴치제를 뿌려서도 안 된다. 이런 엄격한 주의사항을 지켜야 할 만큼 반딧불이는 신성하고 귀한 날벌레다.

날이 어두워지자 사오십 명의 사람들이 버스에 올라 5분 정도 청수 곶자왈을 향해 갔다. 우리는 숨소리도 죽여가며 깊은 어둠 속을 조심조심 걸어 들어갔다. 얼마쯤 걷자 인솔자가 반딧불이가 나오는 곳이라며 모두 움직이지 말고 가만히 있으라 했다. 일행 모두 가만히 서서 반딧불이를 기다렸다. 잠시 후 일행 중 누군가가 쭈그리고 앉더니 손가락으로 숲 그늘을 가리켰다.

나도 보여!

그만 소리를 내고 말았다. 서둘러 손으로 입을 막고 반딧불이를 가만히 응시했다. 반딧불이와의 최초의 만남이었다.

반딧불이는 강렬하게 빛나고 있었다. 어둠 속의 담뱃

불 같기도, 캄캄한 밤하늘의 별빛 같기도 했다. 그 빛은 아주 맑고 깨끗하게 깜박깜박, 까암박거렸다. 사람들이 술렁이는 쪽을 보니 그쪽에도 반딧불이가 날아다녔다. 반딧불이가 깜박이며 사람들 주위를 나는 모습은 슬로 모션처럼 아주 느렸다. 그런 반딧불이를 보고 있자니 우리가 반딧불이를 구경하는 것이 아니라 반딧불이가 사람들을 구경하는 것 같았다.

바딧불이의 빛은 사람을 홀리는 빛이었다. 절벽 아래로 떨어질 뻔했던 옛날 이야기 속 도깨비불의 정체는 반딧불이가 아니었을까. 나는 아무 생각 없이 천천히 반딧불이를 따라 걸었고, 반딧불이는 나를 희롱하듯 가까이 왔다 멀어졌다 하며 자신을 따라오라 했다. 하염없이 반딧불이를 쫓아다닐 수 있을 것만 같았다.

그렇게 그날 밤 한 마리, 두 마리, 세 마리의 반딧불이를 보았다. 사진에서는 백 마리 쯤은 날아다니던데 어째서 쩨쩨하게 겨우 세 마리인가. 아직 짝짓기 철이 무르익지 않아서?

반딧불이의 수명은 겨우 2주 정도로, 백색광으로 깜박이는 불을 내는 시기가 지나면 깜박이지 않는 노란 불,

그 다음에는 초록 불을 달고 날아다닌다고 한다. 하얗고 노랗고 푸른빛의 반딧불이는 2주간의 짧은 생을 사랑을 위해 살다 간다. 온힘을 다해 필사적으로 빛을 보내 사랑을 찾고 사랑을 한다. 반딧불이의 삶의 가치는 사랑이다. 아니, 자연이나 사람이나 가장 위대한 가치는 사랑이다. 초여름의 어느 날, 생애 최초로 반딧불이를 보며 그런 생각을 했다. 사랑을 위해 태어나 사랑을 위해 살다 가는 반딧불이도 있는데 난 뭘 위해 살아가는 것일까. 저 작은 반딧불이가 나보다 월등한 존재처럼 느껴졌다.

곶자왈을 빠져 나오니 마늘밭이다. 습한 냄새가 마늘 냄새로 바뀌었다. 곶자왈은 몇 번을 다녀도 도무지 현실에 있는 장소 같지 않다. 차량과 사람이 오가는 도로에서 조금 떨어져 있는 곳에 원시림이 존재한다는 것이 믿어지지 않는다. 자연의 기는 무섭지만 선한 기운이란 걸 J가 안다면 앞으로도 곶자왈에 자주 함께 가줄 텐데. 역시 나는 야생의 숲보다는 사람이 더 무섭다.

자연은 언제나 선

15코스

한림

|

고내

포구를 지나는데 고양이 한 마리가 뚱한 표정으로 앉아 있다. 고양이는 나와 눈이 마주쳤는데도 무심하게 아침 햇살 아래 다시 눈을 감았다. 낮은 지붕들과 좁은 골목, 까만 돌담에 봄날 아침 햇살이 부드럽고 차분하게 스며들었다.

집을 짓자 자연스럽게 물이 고였다는 영새 샘물에 제비들이 찾아와 노는 모습을 보러 마을 사람들이 자주 찾아온다는데, 오늘은 아무도 없었다. 깊은 곳은 1미터도 넘는다니 물이 귀한 제주에서 저절로 솟은 물이 얼마나 좋았을까.

기름진 밭에서 싱그러운 흙냄새가 날아왔다. 작은 가게 '그루터기 쉼터' 안을 슬쩍 보니 사람들이 많았다. 그냥 지나칠까 하다 문에 '쉰다리'가 적힌 걸 보고 안으로 들어갔다. 쉰다리는 시큼한 미숫가루 맛이 나는 음료로 시원하고 든든해서 제주 사람들이 농사일할 때 마신다고 한다. 집마다 맛이 다르다는데 이 가게의 쉰다리는 무알코올이라 더운 날 걷는 사람이 마시기 좋다고 주인아저씨가 알려주셨다.

주인아저씨는 야생화에 대해 해박한 지식을 가지고 있었다. 문에 '야생화 갤러리'라고 팻말도 붙여놓으셨다. 가게 천장 아래 꽃 사진을 코팅해 붙인 것이 작품이다. 갤러리라는 이름에 걸맞지 않은 전시에 누군가는 흉을 본다 하지만 나는 오히려 소박해 마음에 들었다. 아저씨는 사진을 잘 찍지 못하고 사진들은 비싼 액자에 걸려 조명 아래 놓여있지 않았지만 꽃에 대한 아저씨의 사랑이 듬뿍 느껴지는 갤러리였다. 아저씨에게 그동안 올레길에서 찍은 꽃 사진들을 보여주었더니 놀랍게도 모든 꽃들의 이름을 알고 계셨다. 덕분에 꽃들의 이름을 하나하나 적어둘 수 있었다. 아저씨가 안마당의 꽃들도 구경하라 했다. 원래 남의 집 마당에는 절대 들어가지 않지만 아저씨의 선한 눈빛에 이끌려 꽃구경을 했다.

올레길에는 야생화가 지천이다. 덕분에 걸으면서 수많은 야생화를 만날 수 있었다. 처음엔 무심히 지나쳤는데 길을 걷는 날이 점점 많아지면서 그냥 지나칠 수 없게 되었다. 꽃들이 자꾸만 손짓했기 때문이다. 새로운 꽃을 볼 때마다 하나하나 사진에 담다 나중에는 그 코스에서 볼 수 있는 모든 꽃들을 찍게 되었다. 아무도 돌봐주지 않는데도 어쩌면 이리도 오묘한 색과 향기를 가졌는지 볼 때마다 신기하다. 이처럼 올레길에서는 꽃만 들여다보아도 시간을 보낼 수 있다.

점점 꽃들의 이름이 궁금해졌고 꽃과 관련된 많은 질문들이 떠올랐다. 이유 없는 몸짓은 없다는데, 꽃은 무엇을 위해 아름다운 걸까. 노래 가사처럼 사람이 꽃보다 아름답다는 것은 정말일까. 길가의 흙먼지와 돌과 한 공간에서 피고 자라는 꽃은 억울하지 않을까. 자기가 살 곳은 좀 더 반듯하고 풍요롭고 빛나는 자리라고 지금의 현실을 부정하고 있지 않을까. 그렇지 않을 것 같다. 꽃은 선으로 가득차 있다. 이기적일 이유가 없기 때문에 악하지 않다. 자연에는 어떠한 해도 악도 없다. 자연 재해는 인간의 이기심과 무관심 때문에 일어나는 것이고, 자연은 언제나 선을 지향한다. 길을 걸으며 내가 본 자연은 그랬다.

올레길을 다 걷고 나면 꽃들을 그려보기로 마음먹었다. 무언가를 그림으로 그리면 그것을 소유하는 느낌이 든다. 바람도, 소유할 수 없는 것들도 그림으로 남기면 붙들어 둘 수 있다.

마지막으로 그림을 그린 게 언제인지 까마득하다. 초등학교, 중학교 때도 그림을 그렸던 기억은 드물다. 중학교 때 날마다 편지를 주고받던 친구는 그림을 잘 그렸다. 그림만 잘 그리는 것이 아니라 피아노도 잘 쳤다. 노래도 곧잘 알아서 등교할 때 친구 집에 들르면 방에선 언제나 음악이 흘러나왔다. 어떨 때는 직접 피아노를 연주하기도 했다. 친구는 피아노와 미술 학원에 다니고 있었다. 교정에서 야외 스케치를 하던 날, 친구의 스케치북 속에 있던 생생한 나무들과 색의 조화가 기억난다. 내 스케치북은 구정물 같은 불쾌한 얼룩들로 가득했다. 그때 이후로 그림을 그리지 않았다. 어쩌다 낙서를 끄적거리긴 했지만 물감은 학생 때까지 통틀어 열 번이나 써 봤을까. 그러니까 물감을 써서 그림을 그리는 것도 나의 오랜 로망이었던 셈이다. 내가 그림을 가르치는 사람이 될 줄은 그때는 상상도 못 했다.

초파일을 앞둔 선운정사에는 화려한 연등이 달려 있었다. 종이 연꽃으로 '선운정사'를 수놓은 꽃밭도 있었다. 밤이면 연꽃에 조명도 밝힌다고 한다. 하지만 종이꽃이 밤을 밝힌다 해도 조형물에 불과하다. 선운정사의 종이꽃은 길가의 야생화와 비할 바가 아니었다.

납읍초등학교 운동장 벤치에서 도시락을 먹었다. 날이 더운데 아이들은 축구를 하느라 이리 뛰고 저리 뛰고 있었다. 초등학교에 다다르기 전, 중간 지점 스탬프를 찾느라 금산 공원을 지나치고 말았다. 15코스의 하이라이트라 할 수 있는 곳을 보지 못해 내내 억울했다. 여행에 취해 길을 헤맨 적은 있어도 스탬프 때문에 가고 싶은 곳을 가지 못한 건 처음이었다.

며칠 후에 금산 공원을 찾아갔다. 도시락을 먹던 납읍 초등학교 옆에 나란히 붙어있었다. 옆에 있는 줄도 모르고 헤맨 셈이다. 금산 공원은 곶자왈의 모습을 가진 작은 숲이다. 계단을 올라 숲으로 들어서니 기온이 훅 떨어졌다. 반질반질한 나무 둥치에 잠시 앉았다. 나뭇가지 사이로 햇살이 비쳐들었는지 따뜻한 온기를 품고 있었다. 배배 꼬인 나무들과 넝쿨, 콩난이 여기저기 뒤엉켜 숲을 이루고 있었다.

낡은 목책 산책로를 따라 더 깊게 들어가니 포제단*이 있었다. 노송과 오래된 기와 건물이 공포 영화에 나올 법한 풍경을 자아냈다. 하지만 그리고 싶은 풍경이기도 했다. 포제단은 남성들이 주관하는 마을 제를 올리는 곳이다. 여성들이 주관하는 당굿이라는 마을 제도 있다. 마을 안에 깊고 아름다운 숲이 있고, 그곳에서 마을의 무사안녕과 풍년을 기원하는 제를 올렸던 것이다.

제주는 1만 8천 신이 사는 신들의 고향이다. 고립되고 척박한 땅에서 살아가기 위해 많은 신들이 필요했나 보다. 그렇다 해도 1만 8천이나 되는 신이 있다는 것은 다른 의미로 다가온다. 그 신들은 모두 자연이 아닐까. 하늘

---

* 사람과 사물에게 재해를 주는 신에게 액을 막고 복을 줄 것을 빌던 제단.

과 바다, 오름과 숲, 마을과 길, 나무와 꽃, 돌덩이와 기암괴석이 빽빽한 벼랑까지 모두 신이라 생각하고 모시는 것은 아닐까. 나도 길을 걷다 만난 나무와 돌에서 종종 신의 기운을 느낀 적이 있다. 아무래도 금산 공원이 서늘한 것은 나무 때문만은 아닌 듯하다. 켜켜이 쌓인 시간의 힘이 차원을 달리하는 초월적인 세계를 만들었다. 오래된 것들에는 힘이 있다.

금산 공원을 나와 납읍리 마을에서 농산물과 조각품을 파는 무인 판매대를 만났다. 물건이 몇 개 없었는데 그나마도 먼지가 뽀얗게 앉았다. 어떤 것은 여기저기 뜯겨나갔다. 그런데도 관광지의 뻔한 기념품보다 특별해 보였다. 올레길 걷기를 기념하는 의미로 하나 집었다. 가벼운 철로 만든 돌하르방 모양 메모 꽂이였다.

마을을 벗어나 마른 솔가지 잎이 푹신한 과오름 둘레길을 걸으니 새들이 소란스러웠다. 내륙의 중산간을 벗어나 바다로 갔다.

GO nae

눈으로 볼 수 있는 신

16코스

고내

|

광령

흐렸던 하늘이 개기 시작했다. 길을 나섰을 때는 날이 흐려 마음도 무거웠는데 다시 활짝 개니 좋은 예감이 들었다. 고내 포구에서 시작 지점 스탬프를 찍고 해안도로를 따라 걸었다. 애월 해안도로는 카페도 많고 건물 공사도 한창이며 차량과 사람들로 왁자지껄해 여태 걷던 한적한 올레길과 분위기가 많이 달랐다.

파도치는 벼랑 위 숲으로 길이 이어졌다. 파도가 흰 거품을 물고 물갈기를 휘날리며 달려오다 바닷벼랑에 부딪혀 부서졌다. 바닷가의 기암괴석 단애와 절리는 걸음을 멈추게 했다. 바윗돌에 판 모양으로 죽죽 금이 간 밀림결이 그어진 벼랑, 그 안에 숨어있는 크고 작은 바다굴에는 차고 시린 물이 투명하게 빛나고 있었다.

구엄리 바닷가 갯바위의 갈라진 틈을 내려다보니 크레바스*처럼 깊고 어두컴컴했다. 밑바닥이 보이지 않는 그곳에 눈 먼 짐승이 살고 있을 것만 같았다. 너럭바위에는 자연 방식으로 소금을 얻는 염전이 남아있었다. 푸른 바다와 까만 돌, 색이 선명한 주홍빛 황토로 구획을 나눠 바닷물을 가두는 방식으로 소금을 얻는 바다 염전은 오름 정상에서 본 밭을 떠올리게 했다. 소금 맛은 어떨까.

길은 바다를 떠나 중산간으로 이어졌다. 제주의 옛 집이 많은 구엄리 마을에도 건물 공사가 한창이었다. 공사장 소음을 뒤로 하고 수산봉에 올랐다. 수산봉 정상에는 작은 연못이 있었다. 산 위에 연못이 있는 것도 신비로운데 연꽃까지 피어있었다. 깨끗한 연꽃을 한참동안 바라보았다. 바람 부는 진창 속에서 피어난 연꽃은 저 홀로 하나의 세계를 이루고 있었다. 티끌 하나 없는 순결, 절제와 고요로

* 빙하의 표면에 생긴 깊은 균열.

주위마저 침묵케 하는 정靜의 세계.

옛날 제주에서는 비가 오지 않으면 수산봉에서 기우제를 올렸다. 사람들에게 가뭄에도 물이 고여 있는 수산봉 연못은 기도 드리기 좋은 신성한 장소였을 것이다. 이렇게 높은 곳에서 기우제를 지내는 것도, 새해 첫 해맞이를 위해 높은 산이나 동쪽 바다를 찾아가는 것도 신에게 좀 더 가까이 다가가기 위함이다. 푸르스름한 새벽하늘을 물들이며 동쪽 바다에서 떠오르는 태양을 향해 한 해 소망을 기원하면 꼭 이루어질 것만 같다. 높은 산 정상에 오르면 저절로 함성이 터지는 것은 몸과 마음에 에너지가 충만해지기 때문이다. 어쩌면 자연은 우리가 눈으로 볼 수 있는 신의 현현이 아닐까.

얼마 전에 집으로 지인이 찾아와 며칠 묵었다. 지인이 제주에 온 이유는 제주 여행도, 우리 집 집들이도 아니었다. 다른 목적이 있었다. 그런데도 나는 거절할 수 없었다. 거절하지 못할 바에 쿨하게 받아들이면 좋을 텐데, 그러지도 못해 화가 났다. 나에게 화를 내야 하는 건지 상대에게 내야 하는 건지 알 수 없어서 혼란스러웠다.

나는 사람에게 쉽게 빠지고 좋은 인연을 바라는데 어떤 인연은 진창이 되어버린다. 그런 인연은 나를 슬프게 하고 내 마음속에 골을 만든다. 나는 쉽게 잊지 못하고, 쉽게 버리지 못하고, 쉽게 끊지 못한다. 이런 속마음을 감추려고 무심한 척해도 나 자신을 속일 수는 없다. 다른 사람들은 참 쉽게 인연을 맺고 어울리고 부대끼며 그럭저럭 잘 살아가는데, 나는 그렇지 못하다.

이런 일이 반복되었기에 나의 외로움은 타고난 것인지도 모르겠다고 생각했는데, 걷기 여행을 하며 자연 속에서 나는 외롭지 않았다. 나무를 쓰다듬고 길가의 풀꽃과 눈을 맞추었다. 거미줄에 맺힌 이슬방울을 한참동안 바라보았다. 하늘과 바다, 숲과 오름을 걸을 때 모든 감각이 호기심과 즐거움으로 가득 차 외로울 틈이 없었다. 그것은 다른 차원의 즐거움이었다.

그래서 동행이 자연 앞에서 무심할 때 실망하곤 했다. J가 곶자왈을 나만큼 좋아하지 않아 아쉬웠다. 하지만 이제는 그렇지 않다. 저 수산봉 연못에서 살아가는 푸른 연잎의 의미를 모두가 알 수는 없을 것이다. 누구나 새해 첫 해돋이에 특별한 의미를 부여하지 않듯, 모든 사람들이 자

연에 깃든 신성을 알아볼 수는 없다. 어쩌면 신이 모두에게 자신의 존재를 드러내지 않는 것일지도.

연못가에 가만히 앉아 있으니 마음속 와글거림도 잔잔해졌다. 역시 수산봉은 영험스러운 곳일까. 이곳에서 기우제를 올렸던 이유가 분명히 있겠지.

수산봉을 내려가니 커다란 저수지였다. 수변의 풍경이 아름다웠다. 언젠가 헨리 데이비드 소로우의 《월든》을 읽은 후 호숫가에서 살고 싶다는 로망이 생겼다.

> 호수는 하나의 경관 속에서 가장 아름답고 표정이 풍부한 지형이다. 그것은 대지의 눈이다. 그 눈을 들여다보면서 사람은 자기 본성의 깊이를 잰다. 호숫가를 따라 자라는 나무들은 눈의 가장자리에 난 가냘픈 속눈썹이며, 그 주위에 있는 우거진 숲과 낭떠러지들은 굵직한 눈썹이라고 할 수 있으리라.
>
> 고요한 9월의 어느 오후, 동쪽 물가의 매끈한 모래사장에 서서 호수를 바라보면 맞은편 물가는 엷은 안개로 인해 어렴풋이밖에 보이지 않는데, '유리 같은 호수의 수면'이라는 표현

이 어디서 유래한 것인가를 알 수 있을 것 같다.*

맑은 수면 위로 잔잔한 바람이 불어 점점 퍼지는 작은 물결, 호수에 드리운 나무 그림자가 만든 또 하나의 세상을 보면서 상상은 끝 간 데 없이 뻗어 나간다. 숲속이나 호수에는 정령이 깃들어 있을 것 같다. 호숫가에 머물면 몸과 마음이 정화될 것 같은 건 그래서가 아닐까.

현실적으로는 숲속 호숫가에서 살 수 없으니 캠핑이라도 하고 싶었다. 비록 저수지이지만 수산지가 나의 로망을 어느 정도 채워줄 수 있을 것 같아 기쁜 마음에 물가를 거닐며 캠핑할 만한 장소를 살펴보았다. 한쪽에 버려진 건물이 있었다. 찰스 디킨스의《위대한 유산》이 떠오르는, 잡풀과 담쟁이덩굴에 잠식당한 폐가였다. 웅장하지만 낡고 오래된 집에서 과거에 머무는 헤비샴. 영화에서는 그 집을 아름답고 신비로운 장소로 보여주었지만 책 속의 집은 낡고 추레하며 괴기스러웠다. 캠핑하고 싶은 생각이 싹 달아나 버렸다.

예원동에 들어서니 비행기가 낮게 날았다. 소음도 심

* 헨리 데이비드 소로우,《월든》(이레, 2004), p.268

했다. 공항이 점점 가까워지고 있었다.

항파두리 항몽 유적지에 들어서기 전, 길이 갑자기 큰 도로에서 나무 계단으로 이어졌다. 계단을 오르다 정자에서 잠시 쉬려는데 땀이 식다 못해 추워져서 오래 있을 수 없었다. 근처 휴게소에서 자판기 커피를 마셨다. 휴게소인데도 물건을 팔고 있지 않았다. 그렇다고 편히 쉴 만한 자리가 있는 것도 아니었다. 이 휴게소는 왜 여기 있는 걸까.

잔디 깔린 광령초등학교에서는 아이들이 뛰놀고 엄마들이 삼삼오오 모여 도란도란 한담을 나누고 있었다. 제주의 초등학교들은 한결같이 예쁘다. 이런 학교에서 공부하고 노는 삶, 아름다운 자연과 바다가 있는 곳에서 태어나 자라는 인생은 어떨까. 제주가 고향이란 건 어떤 느낌일까.

도심 속의 무인도

17코스

광령

|

제주 원도심

어쩌면 우리는 이상을 위해 현실에 살고, 비일상을 위해 일상에 머물고 있는지도 모르겠다. 내게 올레길 17코스는 일상과 비일상을 넘나드는 길이자 현실과 이상에 대한 의문을 제시한 길이었다. 그래서 단 하루 여행했는데 백 년의 시간을 넘나든 것처럼 느껴졌나 보다. 파도 소리와 비행기 소음에 어질어질했다. 파도와 비행기가 내게로 달려드는 것 같은 환시에 빠지기도 했다. 갑자기 시간이 거슬러 올라가 좁은 골목을 돌면 오래된 집들과 여관, 다방이 나오기도 했다. 그 길에서는 하늘도 옛날 하늘처럼 보였다. 고여있던 오랜 시간이 부유하며 옛날 소리와 냄새들로 길을 가득 채웠다.

5월 중순이지만 제주의 태양은 여름처럼 뜨겁다. 다른 트래킹 길도 마찬가지겠지만 여름에 올레길을 걷는 것은 많이 힘들 것 같다. 이만큼이나 걸었으니 본격적인 여름이 시작되기 전에 완주하고 싶다는 생각이 들었다.

17코스 시작 지점인 광령리 버스 정류장에 도착했다. 아스팔트 도로를 건너 시골길로 접어들었다. 무수천 초입 보호석에 재미있는 문구들이 쓰여 있었다. “야, 요즘 이상하지 않아?”로 시작하는 문구는 “서둘지 말고 한 걸음씩 즐겨 봐. 어때, 느낌이 와?”로 끝났다. 복잡한 인간사의 근심을 없애준다는 무수천에 어울리는 메시지였다.

그래, 나는 요즘 많이 이상해.

꽃길이 아름다운 마을로 들어섰다. 돌담의 파 꽃도 예쁘다. 무수천 트멍길로 가려는데 정자에 앉아 계시던 할머니가 내게 쉬고 가라고 손짓했다. 할머니, 참 고우세요, 라고 했더니 한숨을 푹 쉬며, “내가 젊었을 때 얼마나 고생했는지……." 하신다. 그러고는 긴 이야기를 들려주셨다. 한 시간 가까이 이야기를 들었다. 인사드리고 떠날 타이밍을 잡기가 쉽지 않았다. 제주 토박이 어른과의 첫 대화였다.

또 다시 비행기 소음이 들리기 시작했다. 동네 사람들은 저 소음을 어떻게 견딜까. 외도천교를 지나 수변 공원을 걸었다. 다리를 경계로 이쪽은 민물이고 반대쪽은 바다다. 뒤돌아서면 맑은 하늘 아래 한라산이 있다.

알작지 해변 마을은 카페와 식당은 많은 데 비해 집들이 낡아서인지 어수선해 보였다. 조약돌이 파도에 쓸리며 구르는 소리가 예술이라는데 정작 파도 소리에 묻혀 들리지 않았다. 조금 더 걸으니 이호테우 해변의 상징인 두 개의 목마 등대가 보이기 시작했다. 오늘은 식당이 많은 도심을 걷는 코스라 도시락을 챙겨오지 않았는데 여기까지 오는 동안 혼자 들어가 편히 먹을 수 있는 식당을 발견할 수 없었다. 결국 편의점에서 컵라면과 삼각 김밥으로 간단히 식사를 해결했다. 바다가 보이는 테라스가 있는 편의점이었는데 아직 이른 시간이라 손님이 없었다.

저 멀리 서 있는 목마 등대가 마치 나란히 있는 것처럼 보였다. 멀리서 볼 때는 서로 가까운 것처럼 보이지만 실제로는 두 등대 사이에 꽤나 거리가 있고 서로 다른 곳을 보고 있다. 어떤 거리에서 어느 시선으로 보느냐에 따라 달라지는 것이다. 보이는 것을 다 믿을 수 없다면 어떤 기준으로 판단해야 할까. 아무런 판단도 하지 않는 것이 옳을지도 모르겠다. 이곳에서 보는 두 목마 등대는 서로 가깝고, 같은 곳을 바라보고 있다. 그걸로 됐다.

점점 도시가 가까워지고 있다. 이호테우 해변의 드넓은 황무지에는 캠핑카와 텐트 들이 여기저기 세워져 있었다. 낮에는 나무가 없어서 뜨겁고 밤에는 공항이 가까운 탓에 시끄러울 것 같다. 공항에서 가까운 넓은 땅을 황무지로 내버려둔 이유가 뭘까 궁금했다. 앞으로 이곳에 중국 자본의 고층 빌딩이 들어선다고 한다. 이호테우 황무지는 흙이 거칠고, 잡풀이 많고, 바다 벌레들이 우글거린다. 2분마다 한 대씩 날아가는 비행기와 우후죽순으로 난립한 캠핑카와 텐트 들 때문에 어수선하다. 그래도 이 풍경이 사라진다는 건 많이 아쉽다. 고층 빌딩이 들어서면 해변의 목마 등대가 잘 보이지 않아 명성을 잃을지도 모르겠다. 해변 어디에서나 보이는 한라산도 빌딩에 가려 보이지 않을 텐데.

지난 겨울, 이호테우 해변에서 본 일몰은 환상적이었다. 금빛 노을이 까만 원담*과 백사장에 드리우며 눈부시게 빛났다. 태양은 날마다 뜨고 지지만 매일 색도 모습도 달라진다는 것을 제주에 살면서 알게 되었다. 안개가 가득하고 대기가 불안정한 날에 일몰이 선명하고 아름답다는 것도 알게 되었다. 하늘이 연출하는 놀라운 판타지를 날마다 볼 수 있는 곳에서 산다는 것은 일상이 비일상이 되는 기적을 낳는다.

어째서 제주는 제주를 잃어가는 걸까. 마당의 나무 한 그루만 잘못 베어도 집안에 나쁜 일이 생긴다는데, 수많은 나무를 베고 바다를 막고 바위를 부수고 오름을 깎아서 얻은 대가는 무엇일까. 인간에게 자연을 괴롭히고 훼손할 자격이 있을까. 자연은 모두의 것이고, 자연이 그곳에 존재하는 데는 다 이유가 있다. 그런 자연을 아무 것도 없는 상태로 돌려버리면 어떤 일이 일어날까. 17코스의 해안도로 주변에는 한 뼘의 땅도 남아있지 않을 만큼 건물들이 붙어 있고 또 계속 지어지고 있다. 그곳에는 원래 무엇이 있었을까. 옛날에는 제주 어디에서나 한라산을 볼 수 있었

---

* 밀물과 썰물의 차를 이용해 고기를 잡을 수 있게 해안가에 쌓은 돌담.

겠지. 바다에 둘러싸인 제주 사람들의 삶은 자연과 하나였을 것이다.

자연을 잃어버린 제주는 텅 빈 섬이다. 그저 경치 좋은 카페나 맛집 때문에 사람들이 제주를 찾는 것은 아니다. 아름다운 제주의 자연을 보러 오는 것이다. 자연을 가리는 건물들은 곧 황폐화될 것이다. 바다와 오름이 사라지면 신도 떠난다. 매일 보는 바다와 숲, 오름 한두 개쯤 사라지는 것보다 잘 먹고 잘 사는 것이 더 가치 있다고 말하는 사람들은 그 가치가 언제까지나 이어지진 않는다는 사실을 기억해야 한다. 제주는 자연에 깃든 1만 8천 신과 함께해야만 한다.

도두 추억애 거리에 들어서자 본격적으로 도심 올레길이 시작되었다. 오늘은 유난히 빨강색이 눈에 띈다. 17코스에 빨강이 많은 건지, 그냥 내 눈에 많이 띄는 것인지. 오늘따라 더욱 열정적이고 리드미컬해 보이는 빨강. 내 마음이 비슷한 상태여서 눈에 잘 보이는 건지도 모르겠다.

도두항은 규모가 크고 활기찼다. 생선 가시 같은 도두교를 지나 도두봉 올라가는 길에 견고해 보이는 정자가 있었다. 잠시 쉬어가려 했더니 항구에 정박한 수많은 배에서 풍기는 기름 냄새 때문에 멀미가 나서 오래 앉아 있을 수 없었다. 정상에 서니 한라산과 제주시, 제주 공항이 한눈에 들어왔다. 내가 걸어갈 길도 보였다.

용두암을 향해 가는 해안도로는 여태까지 걸은 해안도로 중 차도, 사람도, 건물도 가장 많았다. 도심의 길을 여행자가 되어 걸으니 색다르게 느껴졌다. 이 길은 집으로 가는 길이기도 하다. 신나는 일이었다. 제주를 한 바퀴 걸어서 집으로 가는 길.

햇빛으로 반짝이는 바다에 중세시대 성처럼 보이는 방사탑이 세워져 있었다. 돌로 쌓은 방사탑은 지기가 약한 곳에 세워 액운을 보호하고 마을의 안녕을 기원한다. 신앙적인 측면에서 세우는 경우도 있다. 탑 위에는 사람과 새 모양의 형상이 있다. 제주 방사탑은 총 38기가 남아있는데, 이곳의 방사탑은 내리막길에서는 다섯 개로 보이고 오르막길에서는 세 개로 보였다. 방사탑이 있는 바다는 더욱 더 비현실적인 경치를 뽐냈다.

어영 소공원에서 중간 지점 스탬프를 찍고 나니 앞으로 걸을 길이 5킬로미터 남짓 남았다. 아쉬웠다. 올레길도

이제 정말 얼마 남지 않았다. 다 걷고 나면 한동안 올레 앓이를 할지도 모르겠다.

동쪽에서 날아오는 비행기가 내 머리 위로 낮게 날았다. 나에게 돌진하는 듯해 무서웠지만 신기하기도 했다. 올레길에서는 모든 것이 새롭고 다르게 보인다.

용두암은 여전히 관광객들로 넘쳐났다. 파도는 십 미터나 되는 용의 목 언저리를 휘감았다 사정없이 곤두박질치는 일을 몇 번이고 몇 번이고, 이 세상이 끝날 때까지 반복할 기세였다. 대체 용이 무슨 죄를 지었길래?

용두암의 용은 한라산 산신령의 옥구슬을 훔쳤다. 하지만 바다에 막혀 하늘로 승천하겠다는 뜻을 이루지 못했다. 얼마나 억울했을까. 몸통은 바다에 처박히고 머리만 밖으로 내민 채 단발마의 비명을 내지르다 돌이 되어버린 용. 바닷속에 가라앉은 용이 기를 쓰며 몸부림을 쳐서 이쪽 바다의 파도가 늘 거친가 보다. 포기를 모르는 용이다. 이미 굳어 화석이 된 줄도 모르고 죽을힘을 다하는 그 처절하고 경이로운 몸부림에 숙연해졌다.

용연으로 길이 이어졌다. 용연의 구름다리는 처음 건너보았다. 짙은 암녹색 물은 서귀포의 쇠소깍과 닮았다.

이 물에 용이 산다는 전설이 있다. 혹시 이 용이 한라산 산신령의 옥구슬을 훔치다 돌이 되어버린 용두암의 그 용인가? 제주에는 유난히 용에 대한 전설이 많다.

용두암이나 외돌개 같은 특별한 형상의 거석에도 신이 깃들어있다는 생각이 들었다. 전설이 그것을 뒷받침해준다. 그런데 사람들은 해군기지 건설을 위해 강정 바닷가의 너럭바위 구럼비를 폭발시켜 없애버렸다. 공항 건설을 위해 오름을 날리고 숲을 파괴했다.

사람이 먼저지 자연이 먼저냐고 하는 사람들이 있다. 정말로 이 땅에 사람이 먼저였을까. 신이 깃든 자연을 훼손하면 어떤 일이 일어날까.

용연 구름다리를 건너니 복잡한 도심지가 나왔다. 종점까지 2킬로미터를 남겨놓고 길은 제주 구도심의 오래된 길로 이어졌다. 제주 목관아 관덕정에서 올레 표시를 못 찾고 잠시 헤맸다. 마음이 들떠서 그런가 보다. 벌써 저녁이었다. 오래된 빌딩과 현대식 건물, 초가집을 지나 차가 많은 도로를 걸었다. 오현단*을 지나 제주 최대의 재래

* 조선시대 제주에 유배되었거나 방어사로 부암하여 이 지방 발전에 공헌한 다섯 사람을 배향한 옛 터.

시장 동문시장을 지났다. 나도 제주시민의 밥상을 책임진다는 동문시장의 단골이다. 육지에 살았을 때는 시장에서 장을 본 적이 없었는데, 제주에 살면서 시장이 흥미로운 곳임을 알게 되었다. 복잡한 시장 안에서 올레 리본을 또 놓치고 말았다.

저녁 7시, 종점 산치천 마당에 도착했다. 노숙자인지 취객인지 모를 추레한 아저씨들이 간세 앞에 모여 있었다. 그러고 보니 제주에서 노숙자를 처음 본 것 같다. '삼무三無'라 해서 제주에는 세 가지가 없는데, 문과 도둑, 거지가 그것이다. 옛날 말이겠지만 올레길을 걷다 보면 정말 문이 없는 집이 많고 거지도 본 적이 없다. 폐지 줍는 노인들도 눈에 띄지 않는다. 왜 그럴까.

"학생이에요? 뭘 조사하는 건가요?"

간세 앞에 있던 노숙자가 내게 말을 걸어왔다. 패스포트에 스탬프를 찍고 뭔가를 메모하고 사진을 찍는 내 모습이 이상해 보였나 보다.

다음 해에 산지천 광장은 재단장되었다. 올레길 종점도 다른 곳으로 옮겨졌다. 산지천에는 다리가 놓이고 말끔한 공원이 조성되었다. 맑은 물은 바다로 흘러갔다. 밤에는 색색의 조명이 켜지고 분수가 솟아올랐다. 그리고 노숙자 아저씨들은 사라졌다.

《호밀밭의 파수꾼》에서 주인공 홀든은 겨울이 되면 센트럴파크의 오리들은 모두 어디로 가는 것인지 문득문득 생각하곤 했다. 산지천 광장에 있던 노숙자들은 모두 어디로 갔을까.

찾고 부르고 함께

18코스

제주 원도심

|

조천

밤새 잠을 설쳤다. 올레길 완주까지 이제 얼마 남지 않았는데 걸을수록 더 좋으니 큰일이다. 내친김에 역방향으로 한 번 더 걷고 싶지만 날이 점점 뜨거워져 참기로 했다. 여행을 하니 세월이 빨리 흐른다. 일상과 여행, 여행과 일상이 몇 달째 반복되다 보니 어느새 일상도 여행처럼 살게 되었다.

백 년 등대가 있는 사라봉 사진은 이전에도 많이 찍

었지만 올레길을 걸으며 만난 것은 처음이라 새로운 마음으로 또 찍었다. 날이 좋아서 바다 쪽 도심 풍경도 선명했다. 날씨 때문일까, 기분 탓일까. 같은 장소를 찍는데도 매번 다른 풍경처럼 보인다. 오늘은 평소와 다른 각도로 망양정을 사진에 담을 수 있었다.

사라봉과 이어지는 별도봉은 몇 번 간 적 없는데 올레길이 별도봉 둘레길로 이어져 별도봉에 처음 와 본 사람처럼 둘레길을 걸었다. 별도봉에 갈 때마다 몇 번이나 올레 리본을 따라 걸어보려다 올레길 걸을 때를 위해 참았기에 더욱 기대되었다.

우주 정거장 같은 국제항은 언제 봐도 싫증나지 않는다. 만일 국제항을 그린다면 복잡한 저 선을 어떻게 그리면 좋을까. 올레길을 걸을수록 점점 더 그림을 그리고 싶다는 생각이 간절해졌다. 진작 그림을 배워뒀으면 좋았을 걸. 올레길을 다 걸은 후 나는 독학으로 그림을 그리기 시작했다. 3년간 매일매일 그린 내 그림은 곧 세상에 알려졌다.

별도봉에서 오늘 내가 걸어야 할 길이 훤히 보였다. 이제는 먼 길도 겁나지 않는다. 아무리 멀어도 걸을 수 있다. 사라봉과 별도봉은 30분이면 다 걸을 수 있는데 올레길 완주까지 얼마 남지 않았다는 아쉬움에 천천히 걸었더니 1시간 반이나 머물게 되었다.

별도봉 아래는 잃어버린 마을 곤을동이다. 돌담으로 나뉜 67가구의 터만 남아있는 곳이다. 4·3사건 이후 이 마을에는 사람이 살지 않는다. 제주에서는 정낭이라는 막대기 세 개가 문 역할을 한다. 정낭이 세 개 모두 걸쳐져 있으면 집안 사람들이 출타 중이라는 것이고, 두 개만 걸쳐져 있으면 가까운 거리에 출타 중, 세 개 모두 내려져 있으면 집에 사람이 있다는 표시다. 곤을동 마을의 정낭은 세 개 모두 내려져 있건만 집에는 아무도 없다. 모두 역사 속으로 자취를 감췄다.

사람이 사라지지 않은 곤을동 마을을 상상해 보았다. 앞에는 바다와 제주항, 뒤에는 오름을 병풍처럼 두른 마을. 풍수지리는 잘 모르지만 그냥 봐도 터가 좋고 경치도 아름답다. 내 눈에 곤을동 마을의 정주석*은 평행세계로 나아가는 통로처럼 보인다. 마을 사람들이 사라지지 않고 여전히 저쪽 세계 어딘가에서 잘 살고 있기를 바라는 마음 때문일까. 정말 그랬으면 좋겠다. 내 마음을 아는 듯 해

* 정낭을 걸칠 수 있도록 구멍이 뚫려있는 돌. 대문 양측에 각각 하나씩 설치함.

안도로에서 조용히 파도 소리가 들려왔다.

화북동에는 구옥이 많아서 구경하느라 자꾸만 걸음이 늦어졌다. 한 마당 안에 두 채의 집이 들어앉은 다양한 구조의 집들을 보는 재미가 있었다.

화북 포구를 지나려는데 올레 쉼터지기가 작은 창을 열더니 들어와서 쉬었다 가라고 손짓했다. 배낭에서 캐러멜 몇 개를 꺼내 드렸더니 고맙다며 커피를 내주었다.

바닷가의 넓은 초지를 지났다. 별도연대다. 제주에는 아홉 개의 방어진이 있는데, 그중 하나가 여기 화북진이다. 나는 제주에 남아있는 연대를 볼 때마다 아직 시간의 흔적이 남아 있을까 하여 손바닥을 쫙 펴 연대에 대어본다. 그러면 오랜 시간이 내 안에 들어올 것 같고 오래된 이야기가 들려올 것도 같다. 이 날은 군인이나 정찰병이 아닌, 이곳에서 뛰노는 어린 꼬마들의 모습이 떠올랐다.

별도연대에 올랐다. 연대 앞에는 바다가 시원하게 펼쳐져 있다. 연대 안에 들어서 옛날 사람들이 바라보던 그 바다를 바라보았다. 혹은 이곳에서 놀던 옛날 꼬마들의 바다를. 어릴 때 동네에 이런 장소가 있었다면 얼마나 재밌었을까. 이곳 별도연대와 환해장성 터에서 어린 시절처럼 마냥 놀고 싶다는 생각이 든 건 왜일까. 전생에 여기서 논 적이 있었던 걸까. 저 바다와 긴 돌담과 돌탑은 오랫동안 내가 찾아와주길 바라며 기다리고 있었던 걸까.

삼양동에도 옛날 집이 많았다. 옛날 집에서는 품격이 느껴진다. 켜켜이 쌓인 시간이 주는 무게 때문이다. 검은 모래가 깔린 해변에 놓인 퍼걸러Pergola[*]에서 도시락을 먹으려 했는데 동네 사람들도 많고 마을 할아버지 한 분이 말까지 걸어와 먹을 수가 없었다. 할아버지가 당신이 서귀포에 살 때는 관광객에게 제주 안내도 많이 했다며, 제주에서 동네 주민의 안내는 꼭 필요하다고 하셨다. 한라산에 대해서도 이야기를 들려주셨다. 한라산은 제주만이 아닌 육지도 지켜주는 영산이란다. 한라산이 없었다면 육지도 태풍으로 온전하지 못 했을 거라고. 제주 사랑이 특별한 할아버지였다.

할아버지께 인사드리고 갈매기 가림막과 가로등이 설치된 방파제를 걷는데 한 청년이 공부 삼매경에 빠져있었다. 내가 해 보고 싶은 것 중 하나였다. 바닷가에서 공부하기. 어떤 공부를 하는지 슬쩍 보니 역사였다. 고등학생

---

* 정원에 덩굴 식물이 타고 올라가도록 만들어 놓은 아치형 구조물.

은 아닌 것 같은데 이 시간에? 호기심에 말을 걸었다. 청년은 임용고시를 준비하고 있으며 집은 저 뒤에 있는데 날이 좋으면 바닷가에 나와 공부를 한다고 했다. 청년이 가리킨 곳에는 노란 아파트 한 동이 있는 주택단지가 있었다. 집에서도 바다가 보이냐고 물으니 그렇다고 했다. 부럽다. 집에서 바다를 보며 공부하면 될 텐데 왜 나왔는지 물어보니 바닷바람도 좋고 아이스커피도 마시려고 나왔단다. 그러고 보니 바다와 마주한 카페가 있었다. 공부하는 모습을 찍고 싶다 했더니 선뜻 포즈를 취해준다.

삼양. 이 동네가 참 마음에 들었다. 올레길을 걸어보니 제주시에 해변이 있는 마을이 두 곳 있었다. 신제주 쪽의 이호테우는 공항이 가까워 시끄러워서 마음에 들지 않았다. 반대로 구제주의 검은 모래 해변이 있는 삼양은 내가 찾던 조용한 바닷가 동네 그 자체였다.

그 후 J와 나는 4년 동안 검은 모래 해변이 있는 삼양에서 살았다. 사는 동안 날마다 일몰 무렵에 바닷가를 산책했다. 지금은 다시 도심으로 이사 왔지만, 삼양이 가끔 그립다. 내가 지금까지 살았던 곳 중 가장 마음에 드는 동네였다.

나는 제주에서 살겠다는 꿈 하나를 이뤘다. 자연에서 살고 싶었다. 다만 자연만 있는 곳이 아닌, 도시도 적절하게 섞여 일상생활에 불편함이 없는 곳을 바랐다. 먼 훗날 좀 더 나이가 많이 들었을 때나 이뤄질 꿈일 줄 알았다. 하지만 제주에 살면서 생각보다 빨리 꿈이 이루어졌다.

자연은 나를 실망시키지 않았다. 언제나 나를 기다려 주었고, 내가 자주 찾아와 주기를 바랐다. 찾고 부르고 함께하는 것, 그것이 자연이 바라는 것이었다.

오늘은 콧노래를 부르는 기분으로 걸었다. 유난히 사람도 많이 만났다. 원당봉 오르는 길에 나처럼 안심지킴이 단말기를 목에 건 젊은 여성 올레꾼을 만나 먼저 인사했다. 서울에서 왔는데 혼자서 올레길을 걷고 있다고 했다. 알고 보니 나와 같은 날에 16, 17, 18코스를 걸었다. 혼자서 세계 여행도 많이 다녔다는데, 그래서인지 베테랑 여행자의 포스가 느껴졌다. 좀 더 대화를 나눌 수도 있었지만 천천히 걷고 싶은 마음에 먼저 가시라 하고 헤어졌다. 그와 헤어진 후 불탑사를 지나 발 아래에 펼쳐진 밭을 내려다보면서 한가롭게 도시락을 먹었다.

시비코지에서 다시 서울에서 온 올레꾼을 만났다. 나를 기다리고 있던 눈치였다. 우리는 종점까지 함께 걸었다.

울퉁불퉁한 너럭바위 벼랑 끝에 시비詩碑가 세워져 있었다. '바다를 좋아하던 이야'로 시작하는 시비의 문장은 내게 건네는 말 같기도 했다. 언젠가 내가 떠나면 누군가 나를 이 시처럼 기억해줄까 궁금해졌다. 바다를 좋아하는 친구의 영전에 바친 시 한 편을 돌에 새겨 살아서도 죽어서도 바다를 볼 수 있게 해준 시인의 이야기도 궁금했다.

신촌리를 지나는데 누렁이가 계속 따라왔다. 어슬렁어슬렁, 무심한 척 우리가 가는 길을 앞서거니 뒤서거니 하며 쫓아왔다. 설마 했는데 누렁이는 올레길을 걷고 있었다. 올레꾼들에게 먹을 것을 얻어먹은 눈치 빠른 누렁이였다. 줄 게 없어. 그만 따라와. 네가 집을 잃을까 봐 걱정돼. 한참을 함께 걷던 누렁이는 다른 마을에 들어서자 코를 킁킁거리더니 더 이상 따라오지 않았다.

종점에 도착했다. 18코스는 도심에서 시작해 오름과 마을, 바다를 걷는 길로 제주의 옛 모습을 많이 볼 수 있었다. 만일 올레길 스케치 여행을 한다면 18코스를 선택할 것 같다. 그만큼 그리고 싶은 것이 정말 많은 코스였다.

5부

걷기 여행

이쪽의 내가 저쪽의 나를 보고

18-1코스

추자도

섬은 조용했다. 한낮의 태양 아래 섬의 모든 것들이 숨죽이고 있었다. 바다로 나가고 싶은 포구의 배들이 이따금씩 쿨렁거릴 뿐, 섬에서 움직이는 것은 아무것도 없었다.

추자도에는 배가 하루에 한 번 들어갔다 나온다. 게다가 산을 오르내리는 추자도 올레길은 쉬지 않고 걸어도 다섯 시간이 소요되고, 밥을 먹고 쉬었다 가려면 여덟 시간이 필요해 당일치기로 다녀올 수 없겠다는 결론을 내렸다. 제주에 이사 온 후 처음으로 숙소에서 자기로 했다. 낮선 섬에서 혼자 잘 수는 없어 J와 함께 갔다.

추자도 바닷길은 듣던 대로 험해서 멀미약을 먹었는데도 어지러웠다. 두어 시간 가까이 출렁거리는 배를 견딘 후 추자항에 내렸다. 추자도 여행을 더욱 힘들게 하는 것은 햇빛이었다. 추자항에서 내리자마자 뜨거운 열기가 구름 한 점 없는 하늘로 솟았다가 지상으로 곤두박질치며 걷는 이를 바짝바짝 말렸다. 나와 J는 그 열기 속으로 일말의 망설임 없이 뚜벅뚜벅 걸어나갔다. 우리의 갈 길은 분명했고 정해진 길을 걷기 위해 이른 아침부터 집을 나섰으니 망설일 이유가 없었다.

추자도는 4개의 유인도와 38개의 무인도로 이루어진 섬이다. 지금은 제주의 부속 섬이지만 백 년 전에는 전라도에 속한 섬이었다. 추자도에서는 조기가 잘 잡히고 돔 등 귀한 어종이 많아 낚시꾼들에게는 잘 알려진 섬이지만, 관광객의 발길이 많이 닿는 곳은 아니다. 육지와 제주 사이에 낀 섬이라 육지 사람들은 제주로, 제주 사람들은 육지로 갈 뿐 추자도에는 머물지 않는다. 바다로 둘러싸인 섬인데도 해변이 없고 나무와 풀꽃은 육지에도 있으니 관광객의 발길을 붙잡지 못 하는 것이다. 그래서인지 해마다 인구수가 감소하고 있다.

항구에 내려 간세를 찾고 스탬프를 찍은 후 본격적으로 올레길을 걷기 시작했다. 길은 비탈길의 좁은 골목에서 시작되어 언덕 위 학교를 지나 최영 장군 사당으로 이어졌다. 제주에는 곳곳에 최영 장군의 흔적이 많다. 최영 장군은 묵호의 난을 토벌하기 위해 제주로 가는 중 풍랑을 만나 추자도로 피신했다. 그때 추자도 주민들에게 그물을 이용해 고기 잡는 방법을 알려주었다고 한다. 그 후 장군에게 고마운 마음을 전하기 위해 주민들은 사당을 짓고 매년 제사를 지내오고 있다. 풍어를 바라는 마음도 있을 것이다.

산으로 들어서니 섬의 열기에 습기까지 더해져 훅훅 타오르는 얼굴 위로 쉴 새 없이 땀이 흘러내렸다. 산길은 추자 등대로 이어졌다. 추자도의 모든 바람이 이곳에 머물고 있었다. 세상 끝에서 불어오는 바람에 거짓말처럼 순식간에 땀이 씻기면서 세포 하나하나가 환호성을 질렀다. 등대 아래 집들이 한눈에 들어왔다. 추자항을 둘러싸고 주홍빛 지붕들이 옹기종기 모인 모습이 이국의 항구처럼 보였다. 나도 모르게 와우, 뷰티풀, 이라고 환성을 지르니 어디선가 "헬로우." 하고 답변이 날아왔다. 마침 두 명의 외국인이 전망대로 올라오고 있었다. 짧은 반바지를 입은 다리가 튼튼한 여성들이었다. 괜히 무안해져서 어색하게 미소 짓고 한쪽으로 비켜섰다.

상추자도와 하추자도를 잇는 다리가 보였다. 수반 위의 침봉처럼 나무로 빽빽한 크고 작은 섬들이 잔잔한 바다에 그림처럼 떠 있었다. 맑고 잔잔한 바다는 유리처럼 쨍해 금방이라도 깨질 듯했다. 바다 안개가 수면 위로 피어올라 하늘과 바다의 경계를 없애 시공간이 없는 세계처럼 보였다. 가장 먼 섬은 물 위에 아른거리며 마치 섬이 환영인 것처럼 나타났다 사라지며 눈을 홀렸다. 섬을 어루만지며 피어오르는 안개는 환영의 그림자 역할을 톡톡히 했다. 섬 자락을 간질이는 파도가 없었다면 우주에서나 볼 법한 광경이라고 생각될 정도였다.

등대에서 내려와 추자교를 건너 묵리 교차로를 지나는 동안에도 외국인 여성들은 이따금씩 말을 건네왔다. 둘은 밝고 씩씩하게, 힘들이지 않고 술렁술렁 걷고 있었다. 무거운 배낭만 내려놓고 걸을 수 있다면 나도 걸음이 훨씬 수월할 것 같은데. 잘 모르고 예약해놓은 숙소는 올레길의 중간 지점인 하추자도 신양항의 묵리 슈퍼 옆에 있었다. 거기까지는 무조건 배낭을 메고 걸어야 했다.

하추자도는 숙소 하나, 가게 하나가 전부인 첩첩산중 같은 마을이었다. 밤이면 불빛 하나 없을 섬에 있으니 무인도에라도 와 있는 듯했다. 주로 낚시꾼들을 받는다는 숙소는 침대가 없고 천장 벽지가 살짝 벗겨졌지만 하룻밤 묵기에는 나쁘지 않았다. 숙소에 도착해 배낭을 내려놓고 30분 정도 낮잠을 잤다. 잘 생각은 없었는데 눕자마자 잠이 들었다. 땀을 많이 흘린 상태에서 창으로 바람이 자장가를 불러주듯 솔솔 불어오니 저절로 잠이 쏟아진 것이다.

한숨 자고 나니 피로가 싸악 가셨다. 배낭을 내려놓아 몸도 가벼워졌다. 다시 묵리 교차로로 올라가 산을 오르락 내리락하며 남은 길을 마저 걸었다.

몽돌 해안은 꾸밈없는 모습이었다. 추자도는 어디에서나 사람 보기가 쉽지 않았지만 여기는 특히 한적했다. 물놀이를 하거나 캠핑을 하기에는 적합해 보이지 않는, 거칠고 험해 보이는 곳이었다. 추자도에 들어올 때 타고 온 배에는 사람들이 가득했는데. 그들은 모두 어디로 간 걸까.

드디어 황경한의 묘를 만났다. 11코스에서 알게 된

정난주의 사연이 추자도 올레길을 걷게 된 중요한 이유이기도 했다. 황경한의 묘는 본섬 제주가 잘 보이는 산 중턱에 있었다. 바다를 사이에 두고 어머니와 아들이 평생 그리워하며 낯선 땅에서 각자의 삶을 살다 죽었다.

육지에 살았을 때 윤선도*가 유배됐던 보길도에 간 적이 있다. 땅끝마을에서 배를 타고 들어가는 섬이었다. 그 섬에서는 날이 좋으면 제주가 보인다. 보길도 바다에서 아직 한 번도 간 적 없는 제주를 상상했었다.

지금은 제주에서 보길도를 보고 있다. 오래전 보길도에서 제주를 보던 나와 현재의 내가 만나는 순간이었다. 저쪽의 나는 아득히 먼 시간에 서 있다. 현실에 안주하지 못하고 미래를 위해 현재의 삶을 유예하며 살았다. 바라는 것은 많은데 뜻대로 이뤄지지 않는 현실에 화를 냈었다. 현실에 순응하지 않고 앞만 보며 나아가느라 온 힘을 다하는 나를 강하다고 생각했었다. 그 무엇도 나를 꺾을 수 없다 생각했고, 아무것도 두렵지 않다면서 늘 불안해하고

---

* 조선 중기 문신·시조 작가(1587~1671).
치열한 당쟁으로 일생을 거의 유배지에서 보냄.

긴장하며 살았다. 전쟁을 치루듯, 치열하게 하루하루를 이겨나가느라 바빴다.

여행을 좋아하면서도 마음 편히 여행하는 시간을 누린 적이 없었다. 여행도 전투처럼 치렀다. 일 년 열두 달 내내 여름 휴가를 기다리며 살았다. 여름 휴가는 여행을 가장 길게 떠날 수 있는 시간이었다. 내게 여행은 기다림이었다. 삶을 열심히 산 내게 주는 선물이었다. 하지만 오랜 기다림에 비해 여행은 너무 짧고, 바빴다. 추억은 기다림을 채워주지 못했고 여행의 기억은 공허할 뿐이었다. 얼마 지나지 않아 산 것을 후회할 기념품만 남았다. 여행의 끝에서 언제나 나는 우울했다.

혼자 여행을 해 본 적도 없었다. 당당히 혼자 살 수 있을 것처럼 강한 척했던 저쪽의 나는 한 번도 혼자인 적이 없었다.

도대체 나는 무엇을 위해 그리도 열심히 살았을까. 풍랑을 만나 고립된 섬에서도 주민들에게 고기 잡는 방법을 알려준 최영 장군, 양반의 신분에서 관노로 전락하고 아들과도 생이별한 채 살아가면서도 주민들을 교화한 정난주처럼 살지는 못했더라도 적어도 스스로를 대견해하는 삶을 살 수는 없었을까.

주어진 현실에 안주하지 않기 위해 안간힘을 다해 발버둥치던 저쪽의 나를 이쪽의 내가 바라보고 있다. 어쩌면 그때의 나는 그런 삶이 최선이었을지 모른다. 그렇게 생각하자 아련한 시간 속의 내가 안쓰럽고 대견해졌다.

너는 그때 아무것도 몰랐잖아. 어쩔 수 없었잖아. 그러니까 괜찮아. 이제부터 너의 삶을 살면 돼.

내가 나와 조우하는 동안 J는 기다려주었다. J의 가장 큰 장점은 언제든 기다려주는 사람이란 것이다. 다른 사람을 기다리게 하면 미안하고 불안한데 J에게는 고맙기만 하다. J가 내게 가장 편한 사람이고, 그만큼 믿는 사람이기 때문인 것 같다. 이제 우리는 각자의 짐을 지고 서로의 짐 또한 적절하게 나눠 가지고 있다. 저쪽에서의 나는 그러지 못했다. 많은 것들을 당연하게 생각했고 고마움을 가끔씩 잊어버렸다.

지친 모습으로 숙소에 들어서니 식당에 있던 낚시 손님들이 이리 와서 신기하게 생긴 것을 먹어보라고 손짓했다. 육지에서는 쉽게 먹을 수 없는 귀한 음식이라며 내민 것은 삶은 거북손이었다. 생긴 것이 정말로 거북이 손 같아서 먹기가 꺼려졌는데 숙소 주인이 한 대접 주길래 얼떨결에 받았다. 마을에 딱 하나 있는 가게에서 맥주 세 병을 사서 거북손을 안주 삼아 마셨다. 의외로 맛이 좋아서 깜짝 놀랐다. 조개류도 소라류도 아닌 것이 쫄깃하면서도 살캉살캉했다. 해산물 특유의 비릿한 냄새도 없었다. 바다를 머금은, 칼칼하고 담백한 맛이었다. 맥주 안주로도 좋았지만 몸에도 좋을 것 같았다. 어쩐지 추자도를 닮은 음식이라는 생각이 들었다.

선선한 추자도의 밤이 흘러가고 아침이 되자 새들의 노랫소리가 요란해서 일찍 눈이 떠졌다. 식당을 겸하는 숙소라 바로 아침을 먹을 수 있었는데, 추자도 특산물 조기가 주메뉴였다.

어제 오늘 걸을 길을 3킬로미터쯤 남겨 놓았다. 힘든 길은 어제 다 걸었으니 오늘은 즐기며 천천히 걷기로 했다. 추자도는 지금도 여전히 제주보다 육지를 닮아있다. 자연도, 음식도, 사람도. 그런데 오늘 걷는 길에서는 제주를 닮은 것들이 보였다. 그렇다고 제주는 아니었다. 추자도는 그냥 추자도다. 사람이 다른 누구도 아닌 그냥 그 사람이듯이.

은달산의 숲은 거칠고 야생적인 숲이라 금방이라도 뱀이 나올 것 같았다. J가 막대기를 들고 앞서 걸었다. 사람이 지나다닌 지 오래되었는지 허공에 거미줄이 많아서 J는 연신 막대기를 휘둘러 거미줄을 쳐 나갔다. 어제처럼 쨍쨍한 날이었지만 숲속은 상쾌했다. 그리고 산딸기가 지천이었다. 이렇게 많은 산딸기를 본 것은 처음이다. 야생에서 뭔가를 채집하는 것이 싫었지만 붉고 탐스러운 열매에 자연스레 손이 갔다. 먹어도 봤다. 탱글탱글한 알맹이가 입안에서 톡톡 터졌다. 마침 커피를 다 마시고 들고 있던 종이컵에 각자 한 컵씩 채웠다.

종점에 도착했다. 하루 한 대뿐인 제주 가는 배를 타려면 아직 시간이 남아서 낚시를 하기로 했다. 사실 J가 추자도에 온 목적은 올레길 걷기가 아니라 낚시다. 제주에서 살면 저절로 낚시가 될 줄 알았던 초보 낚시꾼 J는 추자도가 낚시 천국이라는 이야기를 듣고 기대를 많이 했지만, 길을 걷다 보니 낚시할 시간이 많이 남지 않았다.

항구 인근 갯바위로 갔다. J는 낚시를 하고 나는 책을 읽었다. 물고기 다섯 마리를 잡으면 집으로 가져가기로 했는데 세 마리를 잡아서 모두 놓아주었다. 두어 시간만에 우리는 새까맣게 탔다. 올레길을 걸으면서도 타지 않았는데.

낚시를 하면 바다를 가까이 두고 오래 볼 수 있다. 그래서 나는 J가 낚시하는 것을 좋아한다. 타지만 않는다면 말이다. 아직 우리는 제주의 햇살 아래서 속수무책이다.

추자도까지 걸었다. 추자도는 올레길 코스 중 난이도가 최상이라는데, 이틀에 걸쳐 걸었더니 여유로웠다. 걸으면서 만난 추자도는 그냥 추자도였다. 어디에서나 볼 수 있는 섬인 것 같지만 어디에도 없는 섬. 이곳에서 저쪽의 나를 만났다. 추자도에서는 과거의 나를 만나는, 그런 시간이 가능하다.

시린 유리 바다와 물 위에 그림처럼 떠 있는 섬들, 깊은 물안개. 배멀미에 시달릴 때는 다시 가고 싶지 않았는데 시간이 지날수록 점점 더 그리워지는 이상한 섬 추자도. 아니, 이상한 섬이 아니라 환상의 섬일지도.

유희하는 인간

19코스

조천

|

김녕

이제 남은 올레길은 세 코스다. 걸어온 길보다 걸어야 할 길이 훨씬 적어졌다. 아쉬운 마음에 천천히 걷고 있다.

포석이 깔린 반듯한 길로 들어서니 제주 항일 기념관이 나왔다. 올레길을 걷다 들르고 싶은 곳이 생길 때마다 체크해놓고 있다. 길을 다 걸은 후에 하나하나 꼼꼼히 들러보고 싶어서다. 그런데 웬일인지 항일 기념관에는 지금 들렀다 가고 싶었다.

기념관에는 윤봉길 의사가 상하이 의거 당시 투척했

던 도시락 폭탄이 전시되어 있었다. 진짜인지 복제인지 한참을 들여다봤지만 구분할 수 없었다. 정확히는 도시락은 하얀 보자기로 묶어 놓아서 내용물을 볼 수 없었는데, 옆에 놓인 수통처럼 생긴 청록색 물건이 꽤나 오래된 것처럼 보였다. 자세히 보니 도시락을 싼 보자기에 구멍이 뚫려 심지가 밖으로 나와 있었다. 심지 끝은 구릿빛이었다. 보자기도 심지도 깨끗한 걸 보면 복제품이라는 건데, 아무리 봐도 수통만은 진짜로 윤봉길 의사가 썼던 것 같다. 역사적인 물건에서 눈을 뗄 수가 없어 유리장을 한참 들여다 보았다.

나는 미래보다 과거가 훨씬 더 흥미롭게 느껴진다. 빌딩이 없고 아스팔트도 깔리지 않은 과거, 전차와 마차가 다니던 시절, 전깃불이 들어오지 않았던 때, 글자가 없었던 시대, 아직 국가가 형성되기 이전, 동굴에서 살았던 사람들. 먼 과거일수록 더욱 흥미롭다.

걷기 여행은 미래보다 과거에 맞닿아있다. 아무 생각 없이 걷다 보면 과거의 일들이 하나둘씩 떠오른다. 완전히 잊고 있던 기억까지 느닷없이 떠오르곤 한다. 온종일 걸으면서 보고 듣고 냄새 맡는 일이 과거의 감각을 깨우나 보다. 과거의 나를 떠올리다 보면 때로는 부끄럽고 때로는 안쓰럽다. 그래서 걸으면서 웃기도 하고 울기도 한다. 그러다 금세 또 길가의 무언가에 빠져 현실로 돌아온다.

십여 미터 앞에 서 있던 외국인 청년이 날 보더니 당황하며 서둘러 바지춤을 추슬렀다. 못 본 척 지나쳤는데 이후에도 앞서거니 뒤서거니 하면서 청년과 계속 마주치게 되었다. 그럴 때마다 걸음을 늦추거나 빨리 했는데도 이상하게 자꾸만 마주쳤다. 두 번째 마주쳤을 때 청년은 걷다 말고 갑자기 웃옷을 벗었다. 급히 시선을 피했는데 그는 아무렇지 않게 웃옷을 배낭에 둘둘 만 채 그대로 걸어갔다. 날이 덥긴 했지만 시골 마을인데다 올레길은 하나라서 어르신들도 볼 수 있고 다른 올레꾼들도 만날 수 있는데 말이다. 외국인 청년이 웃통 벗고 걷는 풍경은 우리나라 정서엔 희한한 모습이었다.

청년은 얼마나 걸었던 걸까. 알이 툭툭 비어져 나온 다리는 햇빛에 불그스름하게 그슬려 있었고 오른쪽 무릎엔 보호대를 찼다. 길에서 주운 긴 막대기를 짚고 걸어가는 청년의 뒷모습을 보니 이국의 낯선 여행자는 그가 아니라 나인 것만 같았다. 그는 거리낌 없이 자유롭게 걷고 있었다. 올레길과 청년이 잘 어울려서 나도 모르게 청년의 뒷모습을 카메라에 담았다.

걸음이 빨라 자주 볼 수는 없었지만 당황스러웠던 첫 만남 때문에 그가 일부러 나를 피하는 듯해 나는 나타났다 사라져주기를 반복했다. 그렇게 청년과 나는 서로를 배려(?)하며 안 보이는 척했다. 마치 숨바꼭질 같았다. 둘 중 하나가 어디론가 숨었다 어느 길, 어느 마을에서 느닷없이 나타났다. 청년은 길바닥에 쭈그리고 앉아 바나나를 까먹기도 했고 등명대에 올라가 바다를 보기도, 바닷가 벤치에서 배낭을 베고 잠을 자기도 했다. 낯선 나라의 낯선 길을 세상에서 제일 편한 모습으로 여행하고 있었다. '유희하는 인간'이라는 문구가 절로 떠올랐다.

혼자 걷기 여행은 나에게 새로운 즐거움을 안겨 주었다. 그래서인지 청년이 길에서 웃옷을 벗든 잠을 자든 긍정적이고 유쾌한 유희로 보였다. 그러지 못하는 내가 아쉬울 뿐.

걷기가 아무리 힘들어도 즐거움이 앞서 걸음을 멈추지 못해 어느새 425킬로미터 완주를 눈앞에 두고 있다. 나는 두 발로 제주를 한 바퀴 돌고 있다. 한 걸음 한 걸음이 어찌나 달콤한지. 이런 내가 정상은 아닌 듯했는데 청년을 보니 그도 마찬가지였다. 걷기가 이렇게 즐거운 줄 진작 알았다면 좋았을 텐데. 지금은 지구 한 바퀴라도 걸을 수 있을 것 같았다. 나에게 걷기 여행은 유희였다.

전에는 즐겁고 행복할 때조차 그 기분을 마냥 누리지 못하고 경계했다. 누가 뭐라는 것도 아니고 누구의 눈치를 볼 필요도 없는데 즐겁고 행복하다가도 스스로에게 제동을 걸었다. 그런 내가 걷기 여행을 하면서 점점 바뀌었다. 어느 순간부터 몸과 마음을 오직 지금 한 걸음에 집중하면서 충실하게 움직이고 있었다. 소리 내어 탄성을 지르기도 하고 풀꽃과 나무에 말을 걸기도 했다. 미래의 불안 따위는 조금도 들어올 틈 없이 매 걸음의 순간순간을 느꼈다. 내가 이렇게 잘 걸을 줄은 몰랐다. 아니, 나는 잘 걷는 사람이 아니라 혼자 걷기 여행을 잘 하는 사람이다. 올레길을 걷기 전에는 몰랐다.

신흥리 해변을 지나는데 바다에 방사탑이 서너 개 떠 있었다. 이런 광경은 처음 보았다. 고운 에메랄드 물빛에 까만 돌탑이 있는 풍경은 고요했다. 함덕 서우봉 해변은 좋아하는 곳이어서 평소에도 자주 오곤 한다. 오늘 해변에는 비키니를 입은 외국인들이 있었다.

올여름은 제주에서 맞는 첫 여름이다. 지난겨울 제주에 와서 걷기 여행으로 봄을 보내고 맞이하는 첫 여름. 첫 가을을 맞고 나면 다시 겨울이 온다. 올 한 해는 제주에서 보내는 첫 계절로 채워질 것이다. 어떤 일들이 일어날까.

서우봉은 보기보다 오르기 힘들었다. 밧줄을 잡고 올라가는 산 비탈길에서 고갯길을 넘으니 나무가 우거진 숲이 나타났다. 숲은 언제나 좋아하지만 여전히 무섭다. 서우봉을 넘어가니 작은 섬 다려도가 떠 있는 북촌리 마을이다. 서우봉은 두 마을에 걸쳐있다. 이쪽은 함덕, 저쪽은 북촌리다.

북촌리는 제주 출신 소설가 현기영의 소설 〈순이 삼촌〉의 주무대다. 〈순이 삼촌〉은 4·3사건을 주제로 제주 사람들의 역사적인 상처와 아픔에 대해서 이야기하는 소설로, 소설에서 북촌리는 '우울증과 찌든 가난밖에 남겨준

것이 없는 곳'으로 표현된다.

> 내게 고향이란 무엇이었나. 나에게 깊은 우울증과 찌든 가난밖에 남겨준 것이 없는 곳이었다. 관광지니 어쩌니 하지만 그것도 지역 나름이어서 나의 향리인 서촌西村은 이렇다 할 관광자원도 없고 하늬바람이 몰아쳐 귤농사도 안되는 한촌寒村이었다. 적어도 내 상상 속에서 나의 향리는 예나제나 죽은 마을이었다.*

잔잔한 바다에 다려도가 오밀조밀하게 떠 있는 조용한 마을이었다. 말끔하고 고요한 곳이어서 파도도 해녀도 정지된 화면처럼 보였다.

앞바다에 긴 여운처럼 떠 있는 다려도가 특히 내 마음을 끌었다. 다려도는 내륙에서 3백 미터 거리에 있어 손을 뻗으면 닿을 것만 같았다. 다려도의 낮은 언덕에는 풀이 자라고 있었고 등대와 파란 지붕의 정자가 있었다. 두 마리의 바다새가 날아와 수면 위를 미끄러지듯 낮게 날았다. 오수의 바다는 꿈을 꾸고 있는 듯 새의 방문도 모른 채

---

* 현기영, 《순이 삼촌》(창비, 2015), p.39

깊이 잠들어있었다. 바다가 이따금씩 숨을 내쉴 때마다 잔잔한 물결이 그려졌다.

이 청초하고 수줍은 섬을 품은 바닷마을을 그려보고 싶다는 생각이 들었다. 천천히 걸으면서 여행하다 보면 어떤 풍경 앞에선 감성이 섬세해져 그림을 그리고 싶어진다. 이 또한 걷기 여행이 주는 즐거움 중 하나다.

다음에 북촌리에 온다면《순이 삼촌》을 들고 가 읽으며 걷고 싶다.

포구에 울긋불긋한 해초가 널려 있어 마을 사람에게 물어보니 우뭇가사리라고 했다. 양갱을 우뭇가사리로 만든다는 것을 처음 알았다. 방파제에는 동네 낚시꾼이 많았다. 소쿠리에 가득 담긴 물고기가 무엇인지 물으니 자리돔이란다. 어제 추자도에서 J가 잡은 것과 비슷한 물고기여서 물어봤는데 J는 전어라고 했다. 자리돔은 제주 사람들이 가장 좋아하는 생선으로 동문시장에 가면 산더미처럼 쌓아놓고 파는, 이 계절에 흔히 잡히는 물고기다.

조용한 북촌 마을 잔디밭에 한적한 정자가 있어 도시락을 먹었다. 날이 더워 땀이 났는데 그늘 아래는 서늘했다. 다시 길에 나서니 올레꾼이 지나며 인사했다. 부산에서 온 여성으로 혼자 올레길을 걷는단다. 올레길은 유독 혼자 걷는 여성들이 많다. 이분도 올레길 완주가 얼마 남지 않았다. 올레길을 걷는 동안 사람 만나기가 어려웠는데 완주하는 사람들이 꽤 많은 걸 보면 대체 어디들 있었는지 신기하다. 그와 종점까지 함께 걸었다.

그는 나무와 꽃에 대해 많이 알고 있었다. 오늘따라 유난히 흰 꽃이 많이 보였는데 인동초라고 알려주었다. 인동초가 보이기 전부터 냄새로 인동초가 있다는 것을 알아맞힌 것이 신기했다. 말려서 차로 마시면 향기롭다며 걸음을 멈추고 인동초를 따길래 기다려주었다. 우리는 휙휙 도는 풍력 발전기 아래를 지나 보리밭을 걸어 종점에 도착한 후 거기서 헤어졌다.

버스 정류장에는 외국인 청년이 있었다. 천천히 걸었고 인동초를 따느라 시간이 많이 지체됐는데도 또 만나게 되다니. 하루 종일 나를 피하던 청년이 슬며시 미소를 보내왔다. 정류장 의자에 나란히 앉았다. 청년에게 캐러멜을 내밀었더니 밝게 웃으며 맛있게 먹었다.

아까 찍었던 청년의 뒷모습 사진을 보여주었다. 청년이 싫어하면 그 자리에서 삭제하려 했는데 사진을 보더니 개구쟁이처럼 "으흥~" 하며 씨익 웃는다. 누가 자기를 찍든 말든 별 상관이 없나 보다. 그는 사진을 달라 소리도 하지 않고 배낭에서 낡은 헤드폰을 꺼내 고개를 까닥까닥거리며 음악을 들었다. 나도 고개를 끄덕였다.

걷기 여행은 아주 좋은 책

20코스

김녕

|

하도

나는 마음속에 무인도 하나를 안고 살아왔다. 상상 속의 무인도를 현실에서 찾으려 했다. 제주는 무인도는 아니지만 지금까지 산 곳 중 마음이 가장 편하다. 제주에 온 후로 거의 평생이라 할 만큼 긴장하고 불안했던 마음을 조금씩 내려놓게 되었다. 걷기 여행을 할 수 있게 되었다.

나고 자란 곳이 고향이라면 나는 고향이 너무나 많고, 동시에 없기도 하다. 제주에서 평생을 살아도 나는 제주 사람이 될 수 없고 제주가 고향이 될 수도 없다. 그러니 그냥 여행자로 살아가야겠다. 오늘도 떠나자.

20코스는 김녕에서 시작해 바닷가를 따라 월정리, 행원리, 한동리, 세화리를 거쳐 대평리에서 끝난다. 나는 김녕 성세기 바다가 제주 바다 중 최고다. 눈부시게 빛나는 흰 모래와 고운 물빛의 바다. 수많은 색을 안고 있는 이 바다를 다른 사람이 보지 못하게 꼭꼭 숨기고 싶을 정도다. 김녕 바다의 하늘은 유난히 투명하고 파랗다. 너무 여리고 고와서 애잔한 슬픔까지 느껴진다. 사연을 지닌 처녀의 말없는 미소 같다.

김녕의 해변엔 파라솔이 가득했지만 물빛만은 그대로였다. 오늘은 하늘이 흐려서 물빛이 불투명했지만 너무 많이 보고 너무 많이 좋아해서 날이 흐려도, 눈을 감아도 내게는 언제나 한결같은 물빛으로 보인다.

자신이 어떤 가치를 지니고 있는지 모르는 초롱초롱한 눈빛과 고운 얼굴로 해맑게 미소 지으며 조용히 찰랑거리는 김녕 바다에게 말을 건넸다. 안녕. 왜 항상 안녕일까. 만날 때도 헤어질 때도, 안녕. 할 말이 많고 전해줄 이야기도 있는데 왜 안녕밖에 못할까.

파도는 참 성실하다. 어떻게 이렇게 쉬지 않고 밀려오고 밀려가는 일을 반복하는 것일까. 영원한 건 아무것도 없다는 의심 때문에 어느 날 갑자기 뚝, 파도의 일이 끝날까 두렵다.

태역길을 지나다 인동초를 발견했다. 어제 알게 된 인동초, 오늘은 뚜렷한 향기가 코끝을 간질였다. 꽃향기로 꽃을 알아본 것이 반갑고 신기해서 그대로 쭈그리고 앉아 어제 길에서 만난 올레꾼처럼 인동초 꽃잎을 땄다.

김녕의 하얀 풍력 발전기는 오늘도 파란 하늘에 이국적인 그림을 그려낸다. 밭에는 마늘망이 줄줄이 놓여 있다. 이제 마늘 농사도 다 끝나가나 보다.

월정리를 지나니 깜짝 놀랄 만큼 사람이 많았다. 해안도로를 따라 줄줄이 이어진 수많은 카페, 사진 찍는 사람들, 요란한 음악과 웃음소리에 묻혀 파도 소리가 들리지 않았다. 여름 피서지 해변 풍경이 일 년 내내 펼쳐지는 월정리 해변에서는 오래 머문 적이 없다. 이곳은 육지 사람들, 외지인의 바다다.

걷기 여행은 아주 좋은 책을 읽는 것과 같다. 올레길은 모두 스물여섯 개의 코스가 있으니 완주를 하면 경험을 확장시키고 나를 성장시키는 스물여섯 권의 책을 읽는 셈이다. 오감으로 만나는 감각은 감성을 섬세하게 자극시키고 수없이 걸으며 만나는 자연과 세상, 사람들 그리고 나의 과거와 현재, 미래를 생각하게 한다. 길은 또다른 길로 연결되어 지금 걷는 이 길에서 내가 걸어온 길을 기억하고 앞으로 걸어야 할 길을 상상하게 한다. 그 기억과 상상 속에 부정적인 것은 하나도 없다. 오직 꿈과 희망, 기대와 설렘으로 가득하다. 또 어느 하나 같은 길이 없고 같은 하늘, 같은 바다가 없다는 사실을 마주하며 사람도 세상도 그러함을 깨닫는다. 그렇게 걷기 여행은 나를 만나는 것으로 시작해 너에게로 연결된다.

조용한 바닷가 마을 행원리 정자에서 도시락을 먹었다. 바람이 참 좋았다. 도시락을 먹은 후 행원 포구를 걸으니 광해군 기착지라는 안내문이 있었다. 광해는 눈이 가려진 채 유배 보내져 제주가 유배지인 줄 몰랐단다. 제주에서 4년이나 살았다는데, 그의 흔적은 남아있지 않다. 광해가 도착한 그날의 바다는 오늘처럼 곱고 잔잔했을까. 광해의 눈에 제주는 어떤 모습으로 비쳐졌을까. 천형의 땅이었을까, 아름다운 섬이었을까.

길은 농로에서 숲으로 이어졌다. 한눈 팔거나 다른 생각에 몰두하면 그냥 지나치기 쉬울 정도로 작은 길이었다. 졸음이 몰려왔다. 5일 연속 걷기는 체력적으로 무리였다. 하지만 이대로 마지막 걸음까지 걷고 싶다. 걸음 하나하나가 귀하다. 나는 아직 이 여행과 이별할 준비가 되어있지 않다. 정자 기둥에 머리를 기대고 잠시 눈을 감았다. 역시 오늘은 여기까지만 걷고 그만 걸을까.

평대리 바다에는 아무도 없었다. 고운 모래에 크고 작은 돌이 펼쳐져 있었다. 가만히 바라보고 있는데 돌길이 점점 사라졌다. 아직도 밀물과 썰물이 반복되는 바다가 신기하다. 믿어지지 않을 만큼 순식간에 들어오고 나간다.

마을 할아버지가 나처럼 바다를 바라보고 있었다. 할아버지 옆에는 마늘이 널려있었다. 마늘이든 우뭇가사리든 한 동네에서 얼마나 오래 살아야 저렇게 아무렇지 않게 길바닥에 농작물을 펼쳐놓을 수 있을까. 별 게 다 부럽다. 하긴 나에겐 널어놓을 농작물도 없다. 하지만 오늘은 배낭에 인동초가 있으니 집에 가면 대바구니에 늘어놓고 베란다에서 말릴 생각이다.

세화리에도 월정리처럼 카페가 많았다. 월정리를 모방하듯 풍경이 비슷했다. 하지만 바다만은 확연히 달랐다. 세화리 바다는 톡 쏘는 박하 향이 날 것 같다. 길을 걷다 초가지붕과 돌담만 남겨 놓은 채 집 하나가 허물어져 있는 것을 보았다. 다음에 오면 이 자리에 카페 하나가 더 생겨 있을 것이다.

이 세계에 잠시 머물다

21코스

하도

|

종달

올레길은 이제 두 코스 남았다. 마지막 코스는 J와 함께 걷기로 해서, 혼자 걷는 것은 오늘이 마지막이다. 6일 연속 올레길을 걷고 있다. 나의 새로운 능력 하나를 발견해 신기하고 스스로를 대견하게 생각하면서도 이러다 발병 나는 것은 아닌지 슬그머니 걱정이 되었다. 무릎과 발목이 계속 아프다. 별일 없겠지?

걷기의 즐거움을 예전엔 왜 몰랐을까 계속 생각하게 된다. 별다른 장비와 도구 없이 언제 어디서나 시간만 있으면 할 수 있는 걷기는 운동으로도 매우 좋다. 튼튼한 두 발만 있으면 지금 당장 어디든 걸을 수 있다. 혼자서도, 여럿이서도 걸을 수 있고 날이 좋든 좋지 않든 언제나 걸을 수 있다.

여행으로서의 걷기는 온 감각으로 세상을 받아들이는 것이다. 걷기를 통해 저장된 생각과 감각은 새로움과 경이로움으로 가득하다. 그저 걷는다는 단순한 동작이 나를 바꾸는 놀라운 경험을 하게 된 후로 나는 나를 받아들였다. 내 삶에 만족하고 감사하게 되었다.

해녀의 숨비소리*를 들었다. 중간 지점 석다원 앞 바다에서 수십 명의 해녀들이 숨비소리를 내뱉었다. 높고 가늘며 여리고 애달픈 휘파람 소리였다. 처음에는 돌고래 소리인 줄 알았다. 해안도로를 걷다 어디선가 들려오는 높은 공명의 소리, 이질적이면서도 어디선가 들어본 소리에 돌고래가 나타난 줄 알고 바다를 보았다. 바다에는 수십 개의 테왁이 둥둥 떠 있었고 해녀들은 물 밖으로 머리를 내밀 때마다 휘파람을 길게 내뱉었다. 삶과 죽음의 경계에서부

* 해녀가 물질하다 물밖으로 나오면서 숨을 내뱉는 소리.

터 가슴 깊은 곳으로 끌어올린 숨소리가 들려오고 있었다.

해녀 박물관에 들러 1974년에 캐나다에서 찍은 열네 살 해녀 '영재의 일상'을 보았다. 박물관에는 해녀들의 항일 투쟁 자료와 바느질 솜씨가 전시되어 있었다. 역사와 일상, 투쟁가와 어머니의 역사가 함께 보존되어 있었다.

얼마 걷지 않았는데 벌써 토끼섬이 눈앞에 나타났다. 걷기 여행의 마지막을 천천히 음미하고 싶었는데 길은 빠르게 줄어들고 있다. 처음 걷던 날이 아직도 생생한데 벌써 석 달이 지났다. 첫 코스에서 걷기도 여행도 요령이 없어 이런 저런 시행착오를 겪고 난관에 부딪치던 날이 며칠 전인 것 같은데. 출발 지점에서 떠올린 마지막 올레길 코스는 까마득히 먼 길인 것만 같았다. 길을 걸은 중반부터 비로소 에너지가 넘쳐 흐르기 시작했고, 그 후로도 얼마간 더 걷고 나서야 걷기 여행의 진정한 가치와 의미를 깨닫게 되었다. 이제야 진정한 즐거움을 제대로 누려보려는데, 길이 얼마 남지 않았다. 허무하기도 하고 안타깝기도 하다. 올레길을 다시 걸을 수 있을까. 앞으로 내가 어떻게 살아갈지 알 수 없기 때문에 이 길을 또 다시 걸을 수 있다고 단언할 수는 없다. 내일 당장 무슨 일이 일어날수도 있지 않은가. 그러니 오늘 걸을 수 있다는 것에 감사하기로 했다. 여기까지 오는 동안 건강했음에, 일상이 무탈했음에 감사하다. 길에서 겪는 수많은 난관과 고비, 어려움은 모두 내 안에서 일어난 일임을 깨닫게 된 것에도 감사하다.

토끼섬은 굉장히 작은 섬이다. 초등학교 운동장보다 작다. 바닷물이 빠지면 건너갈 수 있는 이 섬에는 큰 바위와 고운 모래가 깔린 해변이 있다. 마치 바다를 품은 것처럼 보이는 섬이다. 여름이면 문주란이 저절로 피어나 섬 전체를 하얗게 뒤덮어 토끼섬이라는 이름이 붙었다. 이 섬을 처음 본 순간 나는 단박에 빠져버렸다. 하얀 꽃으로 뒤덮인 섬이라니.

섬까지 크고 작은 납작한 돌들이 징검다리처럼 놓여 있었다. 검푸른 바다 위 돌은 주변 풍경과 조화를 이루는 아름다움까지 갖추고 있었다. 징검돌이라고 생각한 것은 나의 착각일 뿐, 어쩌면 저 돌들은 자연 방식으로 물고기를 가두는 원담일지도 모른다. 저것이 무엇이든, 바닷길이 열려 걸어서 섬에 들어갈 수 있다는 것은 신비로웠다. 마

치 모세의 기적, 몽생미셸의 바닷길이 열리는 기적의 시공간에 놓인 것 같아 기대와 설렘으로 들떴다.

총총거리며 바다로 내려가 돌다리를 하나씩 밟으며 앞으로 걸어나갔다. 해안가에서 봤을 땐 섬까지의 거리가 가깝다고 생각했는데 막상 걸어보니 꽤 멀었다. 돌은 미끄럽고 흔들거렸다. 양팔을 벌려 균형을 잡아가며 한 발 한 발 내딛었다. 그러다 발이 미끄러졌다. 넘어지는 건 순식간이었다. 손바닥과 무릎이 까졌고 눈 아래에 핏방울이 맺혔다. 그런데도 뒤돌아 나가긴커녕 뭐에 홀린 건지 토끼섬을 향해 또 발을 내디디려 했다. 토끼섬이 어서 오라고 손짓했다. 섬에 들어오면 놀라운 걸 볼 수 있다고 유혹했다. 갑자기 정신이 번쩍 들었다. 징검돌이 점점 사라지고 있었다. 기적이 닫히는 시간이었다. 서둘러 뒤돌아 나갔다.

거울을 보니 상처가 꽤나 오래 갈 것 같았다. 흉터가 남을지도 모르겠다. 생수로 상처를 씻어내고 비상약품이 든 파우치를 꺼내 연고를 바르고 밴드를 붙인 후 다시 걸었다.

대체 섬에는 왜 들어가려 한 걸까? 들어가도 좋다는

표지도 없는데 길이 열렸다고 착각해서 아무 생각 없이 바다를 건넜다. 기적의 바닷길을 건넌다며 들떠서 내 두 발만 믿고 성큼성큼 걸었다. 토끼섬도 모르고 바다도 모르고 물때도 모르면서 왜 그렇게 무모한 호기심을 발동시켰을까. 게다가 한바탕 넘어져 깨지고 나서도 또 한 걸음을 내딛은 건 대체 뭔가. 정말로 토끼섬의 정령이 나타나 나를 홀린 것일까.

어쩌면 토끼섬의 정령이 내게 위험 신호를 보낸 게 아닐까. 바닷물이 들어오는데도 내가 아무것도 모르고 섬에 들어오려 하니 넘어지게 한 것이다. 얼굴을 다친 게 너무 오랜만이라서 놀랐을 뿐, 상처는 사실 대단하지 않았다.

정말이지 큰일 날 뻔했다. 이 정도로 끝나서 다행이었다. 잘 알지도 못하는 길을 혼자 걸으려 하다니. 혼자 걸을 때는 그 길에 대해 자세한 정보와 지식을 갖추고 만반의 준비를 해야 한다. 자연 앞에서는 첫째도 둘째도 겸손해야 한다는 사실을 인지하고 있어야 한다. 나는 그저 이 길을 지나는 인간에 불과하다. 이 세계는 하늘과 바다, 해와 달, 별이 주인일지도 모르겠다. 바다 물때를 관장하는 달에 대해서 나는 아무것도 모른다.

지미봉까지 가는 동안 올레꾼은커녕 마을 사람 구경하기도 어려웠다. 지미봉은 숲이 울창하고 높아보여서 혼자 오르는 것에 또 무섬증이 들어 오르기를 망설였다. 이 여행의 마지막 관문이라 생각하고 오르기로 했다. 가야 할 곳이 분명하다면, 가야 한다.

예상대로 지미봉은 오름 중 난도가 높은 편이었다. 힘들게 올라 정상에 서니 최고의 풍경이 기다리고 있었다. 올레길을 걸으며 매번 최고의 자연이 갱신되었지만 아직도 최고가 남아있었다. 바다를 앞에 두고 쪼르르 들어앉은 기하학적이며 초현실적인 들판의 경계가 보여주는 선이 아름다웠다. 겨우 밭일 뿐인데 내게는 몬드리안의 그림보다 생생하고 경이로운 예술로 보였다.

강렬한 햇빛에도 아랑곳하지 않고 전망대에 쭈그리고 앉아 연필로 쓱싹쓱싹 지미봉 아래를 그렸다. 백만 년 만에 그리는 그림이다. 올레길을 걸으며 그림을 그리고 싶다는 생각을 여러 번 했는데 이렇게 뭐에 홀리듯 그림을 그리게 될 줄이야. 물론 그림이라고 하긴 뭐한, 낙서 수준의 스케치지만 말이다.

등 뒤에서 발자국 소리가 들려 퍼뜩 뒤돌아보니 사람

이 올라오고 있었다. 수첩을 덮고 자리를 털고 일어나 도망치듯 서둘러 지미봉을 내려갔다. 아직도 산에서 사람을 만나는 것이 무섭다.

종달 해안도로, 지난 3월에 걸었던 올레길 1코스를 다시 걷게 되었다. 계절은 봄에서 여름으로 넘어가고 있었다. 3월에는 걷기 여행을 끝내면 땀이 식어 오슬오슬 춥기까지 했는데 오늘의 태양은 뜨겁기만 하다. 스카프로 얼굴을 칭칭 두르고 선글라스를 끼고 걸으면서 진작 이러고 다닐 걸 싶었다. 누구한테 부끄러워서 맨얼굴로 다닌 걸까.

할머니가 거대한 그물망을 짊어지고 바닷길을 위태롭게 걸어오고 있었다. 작은 몸에 구부러진 허리, 금방이라도 벗겨질 것 같은 얄팍한 신발로 걷기에 돌밭은 너무나 위험해 보였다. 그물망은 할머니 몸의 몇 배나 되었다. 가까이 다가온 할머니의 그물망에는 해초가 들어있었다. 미역인지 파래인지 우뭇가사리인지 알 수 없었지만 그물망을 맞들어 리어카에 옮겨드렸다. 할머니가 고맙다 했다. 왜 그랬는지 모르겠지만 토끼섬에서 얻은 상처를 할머니에게 보여주었다. 할머니는 깜짝 놀라며, "어디서 그랬수까?" 하며 안쓰러워했다. 처음 본 할머니에게 토끼섬에서 넘어진 이야기를 미주알고주알 고해 바쳤다. 할머니도 처음 본 나를 걱정하며 이런저런 위로의 말들을 들려주었다.

할머니에게 작별 인사를 하고 돌아서려는데 할머니가 다시 바다로 가셨다. 알고 보니 해변 돌밭에 아까와 똑같은 거대한 그물망이 또 있었다! 할머니를 한참 바라보다가 그대로 뒤돌아 내가 갈 길을 걸었다.

종점에 도착했다. 10킬로미터의 거리를 8시간 동안 걸었으니 정말로 천천히 걸었다. 바닷가 빨랫줄에 한치가 널려있었다. 이 길을 처음 걸었을 때 준치를 샀듯 걷기 여행의 마지막인 오늘도 무언가를 사야겠다 싶었다. 주인 할머니에게 다섯 마리 구워 달라 했더니 더운 날 한치 굽기에 짜증이 난 것인지 표정이 화난 사람처럼 굳는다. 그러면서도 석쇠에 달궈진 뜨거운 한치를 앞으로, 뒤로, 몸통 따로, 다리 따로 손으로 꾹꾹 눌러가며 맛깔스럽게 구워냈다. 어찌나 정성스럽게 구워주는지. 할머니는 한치 굽기의 달인이었다. 한치 굽기에 짜증이 난 것이 아니라 뭔가 안 좋은 일이 있었거나 원래 그런 표정인지도 모르겠다.

돌아보지 마

1-1코스

우도

십 분에 한 번씩 깨어나 시간을 보았다. 자다 깨다를 반복하다 마침내 지쳐버렸다. 거실로 나가 창을 여니 바람이 밀려들어왔다. 떠나고 싶다. 배낭을 챙기고 집을 나서려는데 아직 잠기운에서 벗어나지 못한 J가 주말인 내일 같이 가잔다. 마지막 올레길은 J와 함께 가기로 했는데 어쩐지 오늘 꼭 가야 할 것만 같았다. 바람이 부는 오늘이어야 했다.

성산항에서 배를 타고 우도에 들어갔다. 평소에도 관

광객이 많은 우도는 오늘도 사람이 가득했다. 우도항 한쪽에 올레 간세가 있었다. 올레꾼이 아니면 눈에 들어오지 않을 표지. 복잡한 길에서 벗어나 올레길에 들어섰다. 말똥이 뒹구는 거무튀튀한 흙길을 지나 잡풀이 무성한 좁은 길을 걸었다. 풀은 허리까지 차올랐다. 두 팔을 수평으로 벌려 몸으로 풀을 휩쓸며 나아갔다. 바람이 등 뒤에서 불어왔다.

한 시간 후, 인어 동상이 있는 하고수동 해변에 도착했다. 점심을 먹고 가기로 했다. 첫 제주 여행 때 가 보고 싶었던 식당이 여전히 그 자리에 있었다. 그 당시 식당 옆에는 내 이름과 같은 상호명의 민박집이 있었는데, 지금은 외국 이름의 카페로 바뀌었다. 노랗게 물든 긴 머리를 묶고 팔뚝에 문신을 한 해적 같은 주인장이 지정해준 자리에 앉아 뿔소라 덮밥을 주문해 먹었다.

밥을 먹은 후 해변에 앉았다. 길을 걷는 동안 살그머니 불어오던 바람이 바다에선 천방지축이었다. 하늘이 흐려 바닷빛이 짙은 암녹색이었다. 수평선에는 비양도가 떠 있었다.

다시 길을 걸었다. 자전거와 전기차, 오토바이, 자가

용 등 수많은 탈것들이 지나는 길을 혼자 뚜벅뚜벅 걸었다. 몸에 조금씩 열기가 올랐다. 하늘은 점점 흐려졌다. 흐르는 땀을 바람이 식혀주고 또 다시 땀이 흐르고 바람이 식혀주기를 반복하다 우도봉 입구에 도착했다. 종점까지 4킬로미터를 남겨두고 가장 힘든 구간을 올랐다. 다리가 무거워 숨을 몰아쉬며 천천히 올랐다. 계단 꼭대기, 여기서부터 바다를 보며 우도 등대까지 가는 길이 좋다. 왼쪽은 탁 트인 바다, 오른쪽은 드넓은 초원이 펼쳐진 길이다. 등대에 이르니 지금까지 걸어온 모든 여정에서의 고생을 씻겨주듯 바람이 상쾌하게 불어왔다. 자리에 주저앉아 바람에 모든 걸 맡겼다.

바람 많은 섬 제주에서 올레길을 걸으며 바람을 제대로 느꼈다. 바람이 불지 않는 날이 단 하루도 없다. 땀을 식혀줄 만큼 적당한 바람이 불기도 했지만 정신을 차릴 수 없을 만큼 세찬 바람이 불 때도 있었다. 어떤 바람이든 거부할 수도 밀어낼 수도 없이 그저 순응할 수밖에 없었다. 바람은 내가 어찌할 수 없는 불가항력적이고 초월적인 존재였다.

바람은 세상을 쥐고 흔들어대듯 나를 이쪽에서 저쪽으로 옮겨놓았다. 오래 전부터 나를 알던 그 바람은 나를 과거와 만나게 해 내 머리를 쓰다듬고, 안아주고, 질문에 대답해주었다. 그때의 나로선 최선을 다한 것이었다고.

한라산에서 만났던 바람은 제주에서 살겠다고 나를 마음먹게 했고, 돌담 사잇길로 쫓아오는 바람의 이야기는 나를 올레길로 보냈다. 바람이 어디서 불어와 어디로 가는지 모르는 것처럼, 나도 어디서 와서 어디로 갈지 모르겠다.

나는 이제 내가 누구인지 알고 있다. 왜 이제야 알게 되었는지 안타깝기도 했지만, 그조차 이제는 받아들일 수 있게 되었다. 바람이 부는 이유를 알 수 없듯, 과거의 나도, 사람도, 세상도, 알 수 없다. 미래의 내가 무엇을 할지도 모른다. 알 수 있는 것은 오늘의 내가 무엇을 하고 싶은지, 그뿐이다.

석 달. 내 생애 가장 긴 여행을 한 기간이었다. 석 달 동안 미래에 대해 생각하지 않았다. 미래에 대한 어떤 계획도, 상상도 떠오르지 않았다. 못난 생각에 빠질 때마다 바람이 불어 지금 내가 가야 할 길을 상기시켜주었기 때문이다.

여행은 현재를 위한 것이다. 어떤 일이 일어날지 무엇을 얻을지 지금은 알 수 없지만 내가 걷는 걸음은 분명히 미래와 연결되어 있음을, 이 여행에서 과거의 나를 만나 알게 되었다. 먼 미래에 지금의 나와 만난다면 더 이상 후회하지 않는 나를 보고 싶다. 그것을 위해 지금 상황에 안주하지 않고 나아가기를 포기하지 않는 나, 오늘의 걸음에 의미를 더하는 나로 살아가려 한다.

이제 정말 길이 얼마 남지 않았다. 아무도 없는 바람 부는 자리, 세상 꼭대기에서 바다를 보며 오래 앉아 있었다. 다른 사람들은 어떨까. 긴 여행을 마칠 무렵, 마지막을 눈앞에 두었을 때 어떤 마음일까. 나는 아무 생각도 하지 않고 있다. 머릿속을 하얗게 비우고 오로지 길을 걷고 있다. 바람은 여전하다. 오늘은 온종일 바람이 분다. 문득 고개를 드니 바다 건너 성산이 보였다. 이 긴 여행을 시작할 때도 성산을 보았다. 결국 처음과 끝은 같다는 의미일까.

다시 걸었다. 배를 타고 본섬에 도착했다. 주차장까지 걸어가 차에 올랐다. 졸음이 밀려왔다. 어젯밤에 늦게 자고, 아침에도 뒤척거리고, 온종일 걷다 보니 이제야 긴장이 풀려 졸음이 밀려왔다. 잠을 깨려고 노래를 불렀다.

노래를 멈췄다. 더 이상 부를 수가 없었다. 왜 눈물이 나는 걸까. 졸음은 어디론가 달아나 버리고 눈물이 시야를 막았다. 차를 멈추고 실컷 울다 가고 싶다.

이제 나는 집으로 돌아가 긴 잠을 자고 일어나 맛있는 음식을 먹고 책을 읽고 글을 쓰고, 그림을 그리려 한다. 그리고 다시 걷기 여행길에 오르겠다. 내 여행의 끝은 우울과 공허가 아닌 새로운 시작과 만남으로 가득한 삶의 연속이다. 어제와 오늘 내가 걸은 걸음은 미래의 어느 시간과 맞닿을 것이다.

이제 나는 삶은 곧 여행이고 여행이 곧 삶이라는 것을 아는 사람이 되었다. 지금까지의 나의 삶은 표류도 유린도 아닌, 자유를 얻기 위한 긴 여정이었음 또한 이제는 알고 있다. 어느 것에도 얽매이지 않는 자유. 나는 언제든 떠날 수 있고 어디서나 머물 수 있다. 누구에게도 얽매이지 않고 그 무엇도 나를 흔들지 않기를. 그리하여 오늘의 걸음에 의미를 더하기를. 이것이 지난 삶이 내게 준 선물이자 이 여행이 남긴 메시지이다.

바람이 분다. 걸어야겠다.

위로의 말은 없고 이해만 해주는
바람의 목소리
고인 눈물 부지런하라고 떠미는
한 번의 발걸음
이 바람과 진동으로 나는 울 수 있다

기분과의 타협 끝에 오 분이면 걸어갈 거리를
좁은 보폭으로 아껴가며 걷는다
세상이 내 기분대로 흘러간다면 내일쯤
이런 거, 저런 거 모두 데리고 비를 떠밀 것이다

- 이원하, 〈여전히 슬픈 날이야, 오죽하면 신발에 달팽이가 붙을까〉

바람이 분다 걸어야겠다

1판 1쇄 발행 2020년 10월 26일

지 은 이 박지현
펴 낸 이 신혜경
펴 낸 곳 마음의숲

대 표 권대웅
편 집 전유진 채수희
디 자 인 임정현 박기연
마 케 팅 노근수 김은빈

출판등록 2006년 8월 1일(제2006-000159호)
주 소 서울특별시 마포구 와우산로30길 36 마음의숲빌딩(창전동 6-32)
전 화 (02) 322-3164~5 팩스 (02) 322-3166
이 메 일 maumsup@naver.com
인스타그램 @maumsup
용지 (주)타라유통 인쇄·제본 (주)에이치이피

ISBN 979-11-6285-065-7 (03810)

* 값은 뒤표지에 있습니다.

* 이 도서의 국립중앙도서관 출판예정도서목록(CIP)은 서지정보유통지원시스템 홈페이지(http://seoji.nl.go.kr)와 국가자료종합목록 구축시스템(http://kolis-net.nl.go.kr)에서 이용하실 수 있습니다.
(CIP제어번호 : CIP2020043480)